Patópolis

Marcelo Coelho

Patópolis

ILUMINURAS

Copyright © 2010
Marcelo Coelho

Copyright © desta edição
Editora Iluminuras Ltda.

Capa
Eder Cardoso / Iluminuras

Revisão
Alexandre J. Silva

(Este livro segue as novas regras do
Acordo Ortográfico da Língua Portuguesa.)

CIP-BRASIL. CATALOGAÇÃO-NA-FONTE
SINDICATO NACIONAL DOS EDITORES DE LIVROS, RJ

C614p

Coelho, Marcelo
    Patópolis / Marcelo Coelho. - São Paulo : Iluminuras, 2010.

    ISBN 978-85-7321-317-1

    1. Ficção brasileira. I. Título.

10-0748.   CDD: 869.93
                      CDU: 821.134.3(81)-3

22.02.10   26.02.10   017712

2010
EDITORA ILUMINURAS LTDA.
Rua Inácio Pereira da Rocha, 389
05432-011 - São Paulo - SP - Brasil
Tel./Fax: 55 11 3031-6161
iluminuras@iluminuras.com.br
www.iluminuras.com.br

*...a curious boy, never too close, never disturbing them,
Cautiously peering, absorbing, translating.*
                                    Walt Whitman

para Carlos Pinheiro Jr.

1

Gibis e revistinhas. Contos Chatos. Duas hipóteses. Defesa do tédio. "Xute-me". Passarinhos e cabeçadas. Mil suaves sinfonias. Os cinco mil dedos do dr. T. O efeito compêndio. Moscas.

Não gosto do nome "gibi". Tem algo de ensebado; de "gurizada"; de dobrável; carta de baralho cujas pontas se desfolham em orelhas, orelhinhas. Gibi, guri, figurinha: explicita-se aí uma minúcia de epitélio infantil, de dobrinha nas juntas de um bebê, de desbeiço pequenino, de nhe-nhe-nhém com cheiro de óleo Johnson, bibicos de chupeta, folhação de carne inocente, escamas de gordura assexuada, bilu-bilus de baba, alegrias; espécie de bíblia lambe-lambe, pipizinho jubilante, bibliofilia em fraldas.

A palavra "revistinha", em vez de "gibi", dificilmente será melhor. Sugere um clima de perversões nanicas; maceração de imagens no piscar dos ávidos olhinhos que se dedicam à leitura. O que era dobrinha desfolhada se torna um amassado comprimido: volumes em Liliput, enciclopédias do Pequeno Polegar, sujeirinha dos dedos sujando a revistinha, atividades adultas em Pequenópolis, contorções e proezas diminutas num circo "de cavalinhos". Há algo de pônei na palavra "revistinha", assim como há uma Fada Sininho no nome "gibi". Um Toulouse-Lautrec engatinha entre sofás de cetim vermelho no mundo da revistinha; no do gibi, os lábios de pétala das crianças de Renoir se movem silenciosamente na leitura, enquanto os sapatinhos pretos envernizados de fivela flutuam apertados, convergentes, no ar.

A infância: de seu mal-entendido, de sua desproporção entre cabeça e corpo, retenho um quadrinho, um desenho, que vi numa das histórias de Disney, lida e relida, mil vezes, e que não lembro como continua.

Faz calor em Patópolis. Calor sufocante. Na casa de Donald, há uma zoeira no ar. Provocam-na os sobrinhos e uma mosca. O pato abre o bico num bocejo. Está sentado no que se presume ser sua poltrona preferida; mesmo porque não há outra. Sabemos que na sala mais humilde de Patópolis, desguarnecida de tudo, haverá ainda assim uma poltrona, e esta será, num luxo que ignora toda ausência, sempre a poltrona preferida. Nela nos sentamos também, ao ler a historinha. Só por ser poltrona é a preferida: afinal, não tem defeitos aparentes; o pato nela se instala com conforto, numa natural ergonomia e no direito de um ócio permitido. Se a poltrona do patopolense é alta demais para que suas patas toquem no chão, haverá uma banqueta estofada à sua frente. A poltrona em Patópolis abomina o estilo "clean", o aço, o concreto aparente; guarnece-a um saiote debruado, que lhe esconde os pés palito e afirma assim com mais vigor a sexualidade própria das poltronas; estabelece tão claramente a condição de ser poltrona que seria injustiça negar-lhe o fato de ser a preferida.

Donald tem em mãos um livro. O calor continua. É um livro encadernado. Na capa, letras finas, ocupando quase toda a extensão de couro verde, informam sem alarde, mas sem ambiguidades tampouco, o título memorável: "Contos Chatos".

Por que "Contos Chatos"? Convivo há tempos com duas hipóteses, duas tentativas de explicação.

A primeira é que haja de fato editores, casas de publicação em Patópolis, capazes de pôr à venda um livro assim. O título é pouco atraente, por certo. Mas merece consideração a necessidade, que todos temos, de experimentar o tédio vez ou outra. Agora, por exemplo, tudo convida a isso. O calor, a zoeira dos sobrinhos, a vida disponível de Donald. Por que não? Por que não pegar um livro chamado "Contos Chatos"? Será que são tão chatos assim? E se forem? Não é o que queremos? Há quase que um desafio no título. De que modo um conto pode ser chato? Teria de ser mais longo que o esperado? E seria conto, sendo mais longo? O fato é que são chatos, e Donald boceja bocejos imensos de pato.

A segunda hipótese é que, na verdade, não era esse o título do livro lido por Donald. Era um título qualquer. "As Melhores Histórias de Henry James", por exemplo. Mas o desenhista não terá resistido ao próprio impulso crítico, a uma implicância sua. Movido pelo verismo essencial que em Patópolis deve vigorar, deu ao livro não o nome que tinha, mas o que julgou merecedor de Patópolis. De modo que, na capa de couro do volume donaldiano, outra coisa estava escrita, mais inadmissível, mais hipócrita, mais sensata. A realidade porém irrompe na história em quadrinhos, dizendo afinal do que se tratava aquele livro: Contos Chatos. Pois no fundo eram, e Donald sabia disso. Só não sabia que, enquanto estava lendo uma antologia de histórias do *New Yorker*, uma coletânea de ficção sul-africana, uma seleta (boa palavra, esta) de narrativas espanholas, o desenhista substituiu a capa por outra, que dizia tudo.

Estas duas hipóteses devem ser investigadas em detalhe. Chamemos a primeira de "Hipótese Real". O livro se chama realmente "Contos Chatos", fora vendido numa livraria em Patópolis, emprestado pelo Peninha, dado por vovó Donalda, já com o título que vemos no quadrinho, e Donald conscientemente comprou, aceitou, abriu a obra, sabendo-a tediosa. É a mais plausível, e tem a vantagem de dispensar o recurso a uma entidade externa a Patópolis, ou seja, o desenhista, o crítico, que se encarregava de dar às coisas seu verdadeiro nome, sua essencial verdade.

Digo-a mais plausível, porque há uma grande atração popular pelo gênero em que estão incluídos os Contos Chatos. A vontade de chatear-se existe. Não penso aqui no contratempo, na intromissão, na inconveniência do chato em pessoa, mas sim nesse doce complemento do ócio, o pasmo, o mingau do cérebro, o bla-bla-blá adiposo, o vazio enorme — mesmo bocejos de pato seriam incapazes de engoli-lo — que acolhemos num negrume, numa pasta de chatice que se impregna na pele, numa ruminação de pálpebras, num pântano interno enquanto faz calor lá fora e uma zoeira de mosca e de sobrinhos pesa no ar. Nas ruas, o asfalto se derrete, volta à condição original de asfalto.

Tudo procede por absorção. A princípio duvidamos de que a chatice nos espere; de que nos atraiu, irresistível; de que quando alguma coisa é chata, ela o é completamente, e não desistirá, não largará da gente, a menos que seja expulsa num ímpeto de vida, como um mal, uma doença de que pudéssemos nos afastar; mas não queremos. Droga que se imiscui em cada fibra de músculo e se insinua em cada ramo de nervo e penetra em cada veia do cérebro, eis que estamos sob seu domínio.

É um bom domínio, que o tédio desça em nós, e como no sono cada coisa que vive, cada poro de pele, raiz de cabelo, floco de carne e célula de pelo se acomoda e se desfaz numa espécie de noite, um resto de força se confunde, pulsa e nada no escuro, num molde de lama ou areia seca em que cai, como caem o sereno e a névoa numa planície inglesa no outono. Assim, uma música de Delius é chata: não o chato importuno, com suas arestas e insistências, mas sim inofensivo, agradável, a persuadir-nos com suas melodias de tédio entrecruzado e morno, surdina de sangue e linfa, rumor que traz para a alma o entorpecimento do mundo.

Não que num concerto de Delius, num poema sinfônico de Nielsen, num adagio de Hindemith, coisas deixem de acontecer. Há movimento, notas, ritmo e cores na orquestra. Um clímax, por vezes. Com tudo isso, por que, como, quando, onde está a monotonia? De onde vem a névoa que se impregna plana no devaneio desinteressado do corpo, terreno que se entrega, feminino, aos rituais que conjuram o surgir dos musgos e do mofo da mente, dos cogumelos tortos do sonho?

Donald não sabe. Achou (assim reza a primeira hipótese) que a tarde era boa para se aborrecer um pouco, para descansar das turbulências que sempre lhe reservam a vida em Patópolis e a própria personalidade. Estaria a salvo de erros e desastres. O livro não poderia ser melhor para esse fim. "Contos Chatos": afinal, há no mercado coisas parecidas. Um disco, anunciado na TV quando eu era adolescente, chamava-se "O Fino da Fossa", e na capa do disco aparecia Paulo César Pereio, olheiras de uma semana, debruçado num piano preto, o copão de uísque na mão, ilustrando os prazeres de se ir ao fundo, ao fundo mesmo do fino da fossa, retendo, da vida, apenas o ato orgulhoso de estar deprimido. Pois ainda há vida quando alguém diz "estou na fossa"; a primeira pessoa se afirma, ainda que para ninguém, ainda que, três da manhã, no apartamento mal-iluminado, no bar às moscas, Pereio não tenha com quem falar; nem quer. Afirma-se apenas. Para isso não precisa de ninguém, está só, e na fossa, assume-a, como um reino, e proclama a palavra; o fino dela.

Se existe um disco como "O Fino da Fossa", não há razão para que não se encontre nas livrarias de Patópolis o livro que agora Donald mal e mal segura. "Contos Chatos". Ora, conhecemos "Papéis Avulsos", "Escritos Póstumos", "Páginas Recolhidas"; há por aí os "Contos Cruéis", as "Prosas Bárbaras", as "Histórias Inverossímeis", para não entrar no universo enorme da não ficção, onde títulos perfidamente singelos — "O Significado de Significado", por exemplo —, convivem com verdadeiras caravanas de elefantes no frontispício sufocado, como, digamos, "Prolegômenos à Constituição de uma Fenomenologia dos Atos Comunicativos"[1]. Mas aí Donald não leria.

Pois o universo de Donald é curto, é breve, é o que é, e se um conto é chato, será. Não podemos, contudo, considerar Donald um leitor a salvo de dúvidas. Moveu-o, ao abrir o volume, a pergunta: é chato mesmo? quero que seja; mas também quero me interessar. Alguma coisa nos contos chatos tem de acontecer, assim como num moteto de Gesualdo ou num livro de Marguerite

---

[1] O volume reúne ensaios de Clifford Cough, Edward Murph, Howard Humpf e Saïd Ahem, tendo sido organizado por Laura Yawn.

Duras algo se move sob a pasta de sons e tinta, ebulição em câmara lenta, decomposição de ideias, desencontro de X com Y. E se prestarmos atenção? E se, afinando nossa vontade de viver, prestarmos atenção? E se formos capazes de prestar atenção? Mas ninguém é, nem quer. Donald foi vencido. Ou melhor, teve o que queria, e mergulha naquela coisa que todos temos, e que não larga dele, a inexistência.

Mas há uma alternativa para o seu caso, e esta é nossa segunda hipótese, que chamaremos de Hipótese Transcendente.

Donald nunca quis comprar um livro chamado "Contos Chatos", nem o deram de presente, nem seria concebível que tal obra existisse. E o adjetivo "chatos" foi aplicado pelo desenhista sobre a capa do livro, assim como nas brincadeiras de primeiro de abril se engancha na aba do paletó inocente de um francês um peixe de papel, o chamado *"poisson d'avril"*, que pelas costas, pendurado, atesta a inocência do seu dono; e também não é difícil colar com durex, no bolso traseiro da calça de um ginasiano, o papel de caderno, a tira onde se escreve entre sorrisos, risinhos e chacotas a palavra "chute-me", ou melhor, num bom uso do efeito gibi, "xute-me". E, pendurado o aviso inconsciente, a palavra ordena que se faça à vítima aquilo que ela não acredita lícito ser feito, e com razão, pois sabemos o quanto de abuso há em jogar com a inocência alheia. O peixe de papel está pendurado na aba do paletó, a palavra xute-me segura-se em seu durex na bunda individual do otário de abril: assim fica aposto o termo Contos Chatos no livro que Donald, a esta altura, mal sabe se está lendo ou não.

O que significa dar a Donald um atestado de inocência. Sequer se convenceu de que seu objeto de leitura, as novelas de Alencar, a coletânea "Treva" de Coelho Neto, um volume de Herculano, era, cof, cof, chato. O sujeito que se aborrece demora a perceber-se em tal condição.

É por isso que, na mágica incisiva da vida, na revolta breve e pronta dos mais espertos contra os menos espertos, alguém, o desenhista, logrou resumir num título a situação que, pouco a pouco, se imiscuía, durante uma tarde de verão, no cérebro espesso e diminuto de Donald. "Diga-se de uma vez o que precisa ser dito", pensou o autor, avesso a preparações, prolegômenos e escrúpulos. Vamos caracterizar de vez aquilo que só se caracteriza de quando em quando, num lampejo de consciência — mas as consciências são em geral falíveis, piscam muito, como se cada pescoço fosse um soquete em que a cabeça está mal atarraxada —, e cumpre deixar claro aquilo que para qualquer um não é. Faça-se a luz: aqueles contos são chatos.

Há vantagens em pressupor tanta inocência em Donald. Abrevia-se o caminho da palavra ao fato. Em Patópolis não há tempo a perder. Correrias e desastres de cinema mudo acontecem a todo instante. As portas giratórias de um banco ou de um hotel se movem com a velocidade de ventiladores, as escadas rolantes espremem cidadãos como máquinas de fazer massa de pastel, e ao simples mudar de ritmo determinado pela alavanca que está ali ao lado, carrosséis de cavalinhos arrancam grasnidos desesperados de patinhos com medo. Lá impera o descontrole dos artefatos técnicos, o ensandecimento das máquinas, o parafuso do aviãozinho teco-teco de Mickey, o naufrágio instantâneo das barcaças do Mississipi disneylândico, a cabeçada de Donald numa porta de vidro, a trombada da limusine dos Metralha, e para tudo isso estão a postos os passarinhos girantes e as estrelas sinalizando em volta de uma cabeça acidentada a dor e a zonzice de tudo; são estas as contingências da vida.

Num argumento suplementar a favor desta segunda hipótese, há que lembrar, aliás, a presença dos passarinhos e das estrelas a cada cabeçada que se dá, a cada utilização daquela espécie de porrete mole recoberto de tecido preto na mão dos gatunos que golpeiam, em silêncio, os cidadãos honestos de Patópolis. Passarinhos voejam ao redor da cabeça da vítima; estrelas festejam cada desmaio de dor.

Presságio da inconsciência do personagem, não foram, por certo, percebidos por ele. Foram desenhados, numa significação, num emblema do que ocorreu com o pato golpeado. A vítima já era inconsciente antes do golpe. As estrelas foram postas depois.[2]

Assim é que alguém pode muito bem ter atribuído à capa do livro que Donald talvez

---

[2] "e quindi uscimmo a riveder le stelle", confirma Dante Alighieri ao sair do inferno, ainda entontecido depois de girar com Virgílio em tantos círculos. Vê-las já é alguma coisa, na sua longa caminhada em direção à consciência do que o transcende.

esteja lendo o título de "Contos Chatos". As coisas ganham a significação que deveriam ter. E deixa de ser importante que Donald saiba ou não disso, ou se viu os passarinhos e estrelas que rodeavam sua cabeça quando, num instante mais dramático do que o que agora nos ocupa, o golpe do inimigo ou o acidente por ele mesmo produzido se deu, em contraste com a lentidão cretina, soporífera, sem dor, do texto que ele neste instante insiste em ter em mãos.

Sim, dão voltas rápidas os passarinhos, numa brusca e previsível aparição. De onde surgiram? Vivem apenas o espaço de um segundo, surgem num revoada de sentido, e na tradução imediata do que dizem, ou seja, naquilo que são para nós, na prontidão de seu efeito, somem tão rápido quanto vieram.

Para onde? Não voaram a lugar nenhum, o espaço e o tempo não existem para eles, dissiparam-se como palavras no ar. Os pássaros não cantam para Donald. Seu canto é inaudível, não existe em Patópolis, as estrelas coloridas de dor não brilham para a massa dos habitantes da cidade. Se existem, existem não no exercício da vida que lá se vive; se surgem, são pura indicação, semáforos imediatos do desastre. Alegres, expõem o acontecido como um pretexto para a própria festa, e se cantam, não cantam para Donald, cantam para nós. Para nós aparecem, saltando na prancheta aos pingos e traços de tinta do desenhista que não tem palavras nem conhece a dor real de um pato em Patópolis. Obedecem apenas à necessidade de que alguém, numa dimensão exterior e terceira à platitude da revistinha, saiba que ali houve desmaio, zonzices, trombadas, e para conveniência geral da narrativa abrevia o fato num voejo alegre de pássaro, num brilhar de estrelinhas andando em círculos; da cabeça do pato acidentado elas migram para a nossa, e vistas, desaparecem. Assim, disse um estudioso do assunto, as declarações de amor nunca ditas voam ao redor da cabeça de certas mulheres, como um bando de pássaros a entoar sua beleza.

Ocorre-me um trecho do livro de Arthur Hailey, "Aeroporto", que era lido às escondidas por muitos colegas meus quando eu estava no ginásio; o romance tinha caído nas mãos de um, que o encontrara abandonado, ao lado da poltrona na sala de TV, no chão, a poucos centímetros dos dedos que pendiam da avó adormecida na sessão da tarde. O garoto puxara-o silenciosamente, como um batedor de carteiras, como um camundongo doméstico se as casas no Alto de Pinheiros tivessem camundongos (deveriam tê-los, em tocas com portas de granito escuro, como arcos de igreja românica, campainhas de "dim-dom" em ferro forjado, luminárias coloniais penduradas no rodapé). Deslizara-o para a mochila, mas não usávamos mochilas naquela época, e de resto é outra palavra horrível, essa de mochila, obesidade postiça e murcha, peso morto e odiado dos deveres de casa, das lições mal-feitas, do trabalho lambão, escrotal, dos livros que se carregavam para a escola e nunca eram abertos, mas sim era aberto o de Arthur Hailey, ou "O Chefão", de Mario Puzo, não sei mais qual era: juntávamo-nos no recreio, no fim do campo de futebol, conspiradores, concentrados, recitando para aprender de cor a cena de sexo — sim, a cena de sexo — que pulsava rastejante e colorida como a serpente do Paraíso naquele aeroporto: umas poucas frases que deixavam seu traço, seu latejo na memória.

A mulher finalmente se entrega ao amante; encosta-se a uma parede; ofega; as mãos do amante — ansiosas, porém seguras, ávidas, porém experientes — deslizam sobre a meia de seda da mulher, apalpam a carne — firme, porém macia, definida, porém cremosa (cremosa?) — da coxa belíssima, levantam a saia dela, rompem na confusão a liga e a calcinha ordinária, porque se não for ordinária não há graça nenhuma, eis que o casal faz sexo de pé, num furor de vai-aqui-mesmo, a mulher fecha os olhos e, depois de um breve lapso... — esta a frase memorável — "ela ouviu o som de mil suaves sinfonias".

Mil suaves sinfonias! Não três ou quatro violinos, não o aéreo roçagar de alguns arpejos de Chopin, nem os arabescos e as guirlandas das sonatas de Mozart, seu jogo de peteca sonhadora; nem mesmo a fanfarra dourada e rubra, a brusquidão solar de um orgasmo beethoveniano, sequer a completude graxa, engravidante, florestal de Wagner, mas mil, mil suaves sinfonias, que se fossem vendidas num anúncio de televisão como no caso do Fino da Fossa, formariam uma caixa gigantesca de LPs, uma pilha equivalente a umas oitenta coleções completas dos Clássicos da Seleções do Reader's Digest, uma biblioteca inteira tendo por título, justamente, "Mil Suaves Sinfonias". Atravessá-las como uma broca, vencer o túnel negro de seus quatro mil movimentos, seus milhões e milhões de compassos e gestos do maestro, tomaria muito, mas muito mais tempo do que ler toda a coleção dos Contos Chatos, da qual Donald, podemos supor, manuseia apenas o primeiro volume.

Em todo caso, há coisas piores, ou maiores, que as mil suaves sinfonias do livro de Arthur Hailey. Conhece-se um fado que se chama "Nove milhões de guitarras". O ufanismo português alcança aqui o sublime matemático; para cada português, uma guitarra, e todas se rasgam, mãos que ruflam, mãos que afagam, mãos que batem, mãos que se juntam numa prece ou que regem mil suaves sinfonias, mas não voltemos ao assunto, celebremos aqui a orquestra milionária do amor-coração, do amor-sentimento, que se estertora em nove milhões de guitarras, vinte e cinco maracanãs, calculo, ou cento e tantos canindés guitarreando, algazarra de harmonias desbragadas, beléns sem fim, portugais aos montes, chilreantes.

Hollywood também tentou coisas assim. Há um filme em que José Iturbi comanda, de seu piano, uma orquestra de cinquenta outros pianos que tocam em uníssono uma rapsódia húngara colossal. E outro filme, terrível — "Os Cinco Mil Dedos do dr. T" —, pesadelo em preto e branco de um menino obrigado a estudar piano e que cai numa espécie de orfanato, de instituição dirigida por um louco, por um demônio musicista, e lá existe um piano só, mas interminável, serpente quilométrica a ser dedilhada ao mesmo tempo por centenas de crianças que, todas, usam um boné, um casquete azul, no topo do qual se eleva uma mãozinha de borracha, uma luvazinha túrgida e branca, emblema da confraria dos que tocam piano sem parar; uma mão de Mickey, poderia ser — assim como o boné também pode ser visto como uma versão degradada do famoso boné de Mickey, onde as orelhas enormes e negras dizem, como uma legenda, "estive na Disney"— , mas o que diz a mãozinha branca: estou neste pesadelo musical, e correm os dedos pelas escalas, trabalham o teclado interminável, produzem multidões de notinhas como larvas de moscas a explodir, mais ou menos juntas, do cadáver de uma zebra esticada, reluzente, sem fim.

É verdade que não é zebra, mas hipopótamo o animal que, nos desenhos animados, oferece a dentadura como um teclado de onde os macacos, animando a eterna festa musical da África, tiram sons de marimba, esquálidos, breves, despertos como os dribles de um bom ponta-direita. Mas logo a boca do hipopótamo se fecha, não é animal amigo de ritmos serelepes, seu tempo é outro, de rio barrento e muita planta de represa, das que se afundam no lodo, e mergulham num silêncio escuro como o dos contos chatos, onde víamos Donald debater-se em vão.

Mas o que voa agora em volta de Donald não são as pautas serpentinas de uma música escrita que se enrola e desenrola em nitidez de notas pretas num sulco de cinco linhas paralelas envolventes, capazes de tornar cada pessoa uma múmia de melodias maviosas, um morto em vida de vozes grafadas em triunfo, exsudação, volteio em preto-e-branco, suavidade das sinfonias que soam como uma venda sobre os olhos, como o caprichoso sulco de um navio de cruzeiro pelo mar mediterrâneo, ou as andorinhas que o acompanham pelo pélago profundo, num capricho de voo, numa auréola de som. O que voa agora é uma mosca, concreta, real.

A mosca incomoda nosso herói. Institui-se uma rivalidade de chatices: aquela, silenciosa, do livro, e esta, de outro tipo, importuna, insistente. Num caso, o livro aborrece quem o lê; num grude, numa gosma, tenta prendê-lo, é certo, mas só se gruda de fato quando a mão, os olhos do leitor, inconscientes, iam partindo para outro lugar; aí é que se sente o chiclete, a atração mortal, de papel pega-moscas justamente, das páginas chatas, do asfalto que derrete naquele dia de calor. No outro caso, a mosca é quem procura sua vítima; é Donald o papel grudento, o açúcar, o mel a atraí-la, só que este a repele, tenta por tudo ficar livre da intermitência elétrica, ruidosa, movente, do inseto. Enquanto que os contos chatos traziam em si a modorra silenciosa do verão, a mosca, em sua aérea, distraída e determinada atividade, ventila num pontinho preto, ilegível, sua colcheia de alegria infinita e animal.

Donald não gosta disso; caracteristicamente, irrita-se; pega o livro e tenta atingir a mosca. O livro é bom para tal propósito, uma vez que tem capa dura, e nem poderíamos imaginar que "Contos Chatos" pudesse ser outra coisa que não livro encadernado e impositivo. Mesmo porque em Patópolis, como vimos quanto ao caso das poltronas, não há livros de outro jeito. Todos correspondem à ideia, ao modelo, ao paradigma do Livro com L maiúsculo, o livro dos dicionários ilustrados, dos atlas de ginásio, e mesmo o tipo daquele mais grosso, nunca lido, que assusta tanto o ginasiano que nem mais é livro, mas sim, no seu vocabulário, atende pelo nome de "compêndio", como por exemplo na frase "X é o maior bom aluno, fica lendo uns puta compêndio". Pode-se falar até, em oposição ao efeito gibi, no "efeito compêndio", algo do peso de um sofá de veludo, do fofo de uma poltrona preferida, de um baque de medicine-ball na areia (medicine-ball era aquela bola pesadíssima, acolchoada, que usavam na aula de educação física e que cumpria apenas jogar para que outro a pegasse, e se caísse no chão, nada, nenhum quique de borracha, nenhuma lepidez de coelho ricochete, nenhuma resposta acontecia, era tudo morto, a medicine-ball parecia feita de um chumbo obeso, como a bunda de um cdf, objetivada, encadernada num plástico poroso e mole, indiferente aos bilhetes de "xute-me").

Este o efeito compêndio: um baque de meteoro gigantesco caindo em câmera lenta na superfície da Lua sem som, borborigma reprimido de avô obeso dentro de um colete de flanela, abafamento de salas com cortinas impossíveis de lavar, ou morte do livro mesmo, que, perfilado na estante junto com seus iguais, lombadas como couraças vermelhas, pertenceria a um exército de soldadinhos com alamares dourados, trombeteando seus títulos dignamente, até que, ai, um gesto mais desastrado de pata arrumadeira veio derrubá-los, num dominó de fuzilados, numa obliquidade de vítimas junto ao terreno vago que sobra na estante, a rigor quase vazia, das casas de Patópolis.

O objetivo de Donald é claro: morte da mosca por achatamento, um golpe a espremê-la entre a capa dura do livro e o chão de casa, do qual resultará, na melhor das hipóteses, uma pequena ilustração, uma vinheta decorativa na superfície vermelha ou verde do couro, como os emblemas de Napoleão III, abelhinhas laboriosas, mas imóveis, imperiais, aplicadas na mobília de acaju de um gabinete de leitura, de uma biblioteca onde alguém estará quem sabe lendo ou compondo seu próprio compêndio ou próprio conto.

Mas, não fosse por outros motivos, quais sejam, a inépcia de Donald ou a velocidade da mosca, uma razão explica o seu fracasso nesta batalha de verão: a de que as coisas, em Patópolis, dificilmente se achatam. Ou melhor, achatam-se sempre, mas isto não traz nenhuma consequência. Depois de esmagado por um rolo compressor, um pato naturalmente se achata; mas ei-lo, no quadrinho seguinte, ileso, pronto a retomar sua aventura vã. O gato que persegue o rato, o chacal que não desiste da ave corredora, Patolino e Dum-dum, o Leão da Montanha e a Pantera Cor-de-Rosa experimentaram já sua redução vibratória a perfeitos LPs de vinil, daqueles inquebráveis, conforme prometeria o anúncio das Mil Suaves Sinfonias; fizeram-se como panquecas a que não falta certa expressão humana, os olhos como ovos estalados, a boca como os furos e rasgos impostos pelo excessivo esticamento da massa; mas instantaneamente recuperam a forma original, a tortilla se refaz em pato, a pizza ganha corpo de cachorro, o gato não é mais pão sírio, o coiote deixa de ser fatiável em seguida ao seu desastre.

Há outro tipo de ameaça, além do achatamento: a da explosão, de resto sem consequência também. A banana de dinamite não produzirá mais que um chamusco passageiro; depois de aceso o isqueiro-bomba o rosto do animal ficará negro por segundos; mas, na esportividade incansável desse mundo, a pele, ou melhor, o pelo logo renasce incólume, do mesmo modo com que vemos, depois de um gol contra, o goleiro tranquilamente pegar a bola no fundo da rede e lançá-la ao meio de campo, e em seu rosto, como no rosto de quem foi derrotado ou recebeu uma notícia de desgraça, nada vemos, depois de uma brusca imobilização dos olhos, senão os mesmos traços de antes da notícia. Talvez alguma coisa se tenha produzido nessa face subitamente indiferente e corajosa; mas produziu-se por dentro, não por fora. Assim, é como se a notícia de uma infelicidade objetiva e brusca funcionasse como um *flash* de máquina fotográfica invisível, que registraria para consumo de um deus curioso e científico o momento em que os olhos se estatelam, em que a boca se contrai, o pescoço recua, a testa se comprime (e é estranho que sempre façamos pose para uma foto como se expostos à desgraça), mas depois (isso é estranho também) nosso rosto se recupera. Não é incomum que, informados de um infortúnio, procuremos num espelho a confirmação de que aquilo de fato aconteceu conosco; e ver o mesmo rosto estampado na superfície real de algum modo nos retempera, como água fria.

Lembro-me por exemplo de algumas manhãs em que, segundos depois de despertar, surgiu clara como no papel a notícia da véspera, à qual eu tinha reagido sem piscar: "não, ela não gosta de você"; não, não será desta vez que você encontrará ecos ao próprio riso, trocas doces num olhar, calor na carne alheia. A recusa amorosa — não por acaso chamada de "tábua" — surpreendeu-me várias vezes igual a mim mesmo, repassando no espelho o fracasso da véspera, sem notar no rosto a pressão do rolo compressor, a humilhação de dinamite pronunciada calmamente pela mulher amada, na indiferença, na inocência também, de uma pessoa que simplesmente obedecesse ao aviso invisível — "xute-me" — que tantas vezes portamos sem saber.

Mas cada novo dia é um novo quadrinho, e não importam as laboriosas artimanhas programadas pelo coiote no deserto, tudo o que de esperança ele urdiu na preparação de seu encontro com a presa. Todo esquema infalível fracassa: não faz mal; suas derrotas são sem dor. Sem dor? Mas precisamente as estrelas e os passarinhos estão girando em volta do coiote; informam-nos que ela existe, e também que passa.

2

O mundo real. Hiroxima. O efeito historieta.
A Biblioteca Infantil Patinhas. Assembleias.
Roupas de marinheiro. Getúlio Vargas.

Tínhamos deixado Donald às voltas com suas moscas, tentando esmagá-las num acesso de ira. Mas assim como a vida das moscas, das estrelas de dor e dos passarinhos da zonzice é ao mesmo tempo breve e infinita, funcionando como lembrete no vácuo, lâmpada importuna, tiro permanente de espoleta no cérebro de um surdo, queda horizontal das que se há durante o sono, suicídio em brancas nuvens, assim a um quadrinho segue-se outro quadrinho.

Ao contrário das intervenções exclamativas a celebrar cada desgraça aos rodopios, as moscas com que Donald se debate existem no mundo, prolongam-se no tempo; são, portanto, reais, e em princípio seriam achatáveis, não fosse, e disto Donald não se dá conta, tudo já plano, tudo achatado, tudo chato no seu mundo.

Em Patópolis só se vive em duas dimensões; a profundidade não existe, e cada esmagamento, menos que a morte, é indicação daquilo que cada bicho desenhado — coiote, mosca, pato, cachorro — no fundo sempre foi, é e será. Mas não há fundo.

Voltemos então ao livro cujo título nos intriga. "Contos Chatos". O livro talvez se chame, na verdade, "Contos Reais". Só um olhar externo a Patópolis o transforma em "Contos Chatos". Denuncia, se Donald pudesse entender, o seu modo de estar no mundo. Inconsciente do que diz a capa, ele simplesmente lê o livro. Aqueles textos antológicos da tradição finlandesa, do romantismo austríaco ou da nova ficção guatemalteca lhe são impenetráveis: sugerem horizontes de inquirição e sutileza a que cabe dar o nome simples de chatice. Donald nada sabe de monotonias e sutilezas; informa-se apenas sobre aquilo que acontece na vida: os contos não serão afinal tão chatos assim, provavelmente farão a narrativa de patos esmagados sob um rolo compressor, de patetas transformados em discos de vinil, de bonecos de desenho animado vibrando tesos, planos e flexíveis como a sandália de borracha que a mãe levanta contra o ginasiano de bunda inachatável.

Nada indica que o interesse de Donald seja capaz de voltar-se para uma narrativa real. Nesta, os fatos esparramam sua verdadeira e completa platitude, e tudo termina do mesmo modo, com os compatriotas de Donald estalados no asfalto como os ovos que já foram e que sempre serão — faz calor em Patópolis, pode-se fritar um ovo em qualquer rua, deserta nessa hora da tarde, exceto por um ou outro carro que passa com seus pneus cinzentos, macios, balofos, prontos a patinar sobre a clara e a gema que já se solidificaram no calor, achatando-as mais uma vez. O confronto de Donald com a verdade haverá de ser-lhe tedioso; provoca apenas o mesmo pasmo e sono pantanoso em que submergem espíritos mais lúcidos que o seu.

E Donald raramente é lúcido; poucas vezes perceberá, ao olhar-se num espelho, quadrinho dentro de um quadrinho, o grau extremo da semelhança que possui com seu reflexo; impenetrável ele mesmo, como a superfície do espelho de papel em que se vê, fielmente desenhado. Só pode ser lúcido quando se reduz, nos vários acidentes que o esperam, a disco, a placa, a lâmina, a capacho por ação de uma porta giratória de banco, de obras municipais em Patópolis, da pá de um ventilador desgovernado (faz calor em Patópolis); mas é exatamente nesse ponto que perde a consciência.

Saudemos, então, mais uma vez, a presença voejante dos pássaros, anjos de uma breve morte, onde o que há de ave em Donald desaparece e se distingue na comparação com o que realmente voa, pousa em árvores, faz ninhos, bica e canta; mas também esses pássaros vão-se embora em bando; nunca existiram[1].

Há entretanto, e com frequência, os acidentes de outro tipo: aqueles em que, projetado como

---

[1] Assim Valéry, voz tabagista no seu bigode em preto e branco, declama num disco de vinil seus longos decassílabos sobre a morte: bicavam pássaros, como velas de barcos no mar, sobre seu cemitério branco.

um míssil contra a parede fina de uma casa, contra a vitrine de uma loja — três ou quatro riscos inclinados avisam: é vidro, é frágil! —, o pato atravessa os limites que o prendiam. Deixa impressa, na superfície sólida, a silhueta negra de seu bico e de seu boné de marinheiro. Registra-se, em algumas paredes de Hiroxima e Nagasáqui, fenômeno semelhante: de um homem resta apenas a sombra negra que a incineração do corpo, intensa e instantânea, fixou como um fotograma sobre a tinta branca.

O tema do tédio em Patópolis exige aqui a lembrança de uma outra historieta de Donáld e Patinhas.

(Mas, antes disso, uma observação de natureza vocabular. "Historieta", termo empregado acima, é mais uma palavra horrível, das do tipo com que temos colidido: evoca "ampulheta", "camiseta", "retreta", "falseta", "gazeta", esta última uma coisa que bons ginasianos evitam praticar; o diminutivo em "eta", de qualquer modo, oferece sobre o diminutivo em "inho" ou "inha", como "revistinha", uma vantagem. "Revistinha", na boca de uma criança, é pura criancice, inocência de choramingos e de manhas. "Historieta" é uma palavra que criança nenhuma usaria, exige sobre os lábios superiores um bigodeto branco, um pigarro adulto, maduro, da cor de um pêssego murcho, evocando os efeitos da nicotina e da extração de dentes do siso; coisa de professor desbochechado, ou seja: quando menino era dos tais bochechudinhos que se destacam como bons alunos; seu processo de amadurecimento resumiu-se na perda das bochechas, na substituição da cor rosada pelo amarelo do filtro de cigarro imitando cortiça; personalidade de cortiça, os anos, cof, cof, o curtiram: mesmo assim, não renuncia ao mundo infantil, embora tenha renunciado aos sufixos em "inho"; reconhece nesse mundo uma validade a distância, que expressa nos sufixos em "eta": "historieta".)

Eis a história. Tio Patinhas, como sempre, enfrentava problemas com o armazenamento do dinheiro. Na caixa-forte não cabia mais. Quantas vezes vimos, sobre uma colina pouco habitada da cidade, a gravidez daquele cubo de aço, ameaçando jorrar sobre o asfalto azulado da rua uma prole inumerável de cédulas e de níqueis? A acumulação de riqueza tirava o sono, como sempre, de Patinhas: a ameaça dos Metralha crescia, sombriamente, como uma outra gravidez. Aliás, os próprios irmãos Metralha se multiplicam a cada historinha. Quantos são? Três? Sete? Ou dezesseis? A combinatória de seus números no presídio — 376, 173, 367, 361, e assim por diante — representa a multiplicação incansável da espécie malfeitora, e segue, por ironia, os códigos que também regem a numeração em série das cédulas de papel-moeda, ou os segredos de um cofre-forte. O que torna as preocupações de Patinhas tão justificadas quanto inúteis: a cada lucro, novo Metralha aparece, assim como os fiscais de imposto de renda, que o visitam, e também a Mickey, de chapéu e sobretudo, com suas maletas pretas, em fila indiana, em ordem crescente de altura, afirmando afinal a existência de um governo na cidade — cujo prefeito, para não falar de governador ou presidente, não tem nome nem papel de que nos possamos facilmente recordar.

Assim como os grandes magnatas inventam fundações beneméritas para escapar ao fisco, ocorre a Patinhas uma ideia digna de Carnegie, Morgan, Getty ou outros tantos, para vencer a cobiça dos Metralha. Tio Patinhas resolve fundar uma biblioteca infantil. Esta a história real; pelo menos assim me lembro. A Biblioteca Infantil Patinhas era na verdade o esconderijo do seu dinheiro, o seu tesouro da velhice. Atrás das estantes, as notas estalavam em cifrões estáveis. Mas não bastava. Havia também um boneco falante no átrio da Biblioteca. Representava Patinhas sentado numa cadeira de mármore, como Lincoln em seu memorial de Washington, ou Papai Noel num poltronão de shopping, no colo do qual as crianças bem ou mal se alojam e, surpresa! um dispositivo mecânico é acionado e faz com que do bico imóvel de Patinhas saia uma voz gravada, contando histórias infantis, historietas.

O boneco imenso estava, na verdade, recheado de notas. Não funcionou muito bem. Um Metralha, disfarçado de criança (isto é, usando um bonezinho daqueles em que, por cima, gira uma ventarola, sinônimo da mais absoluta infantilidade[2]; ilustração da frase segundo a qual toda criança é cabeça de vento; pequeno espantador de pássaros; signo de criancice da mesma ordem do "xute-me" afixado no fundilho da calça rancheira), sentara-se no colo de Patinhas tentando, doidamente, arrancar-lhe a cabeça e tirar do ventre inchado da farsa o estofo de notas carochinhas. O que faz do gigantesco ídolo falante, aliás, metáfora das próprias indústrias Disney. O fato é que, depois do ataque metralha ao boneco, Patinhas percebeu que aquele não era um método seguro para esconder seu dinheiro.

Teve outra ideia genial. Abriu uma nova ala em sua biblioteca. Ala enorme, cheia de livros com lombadas de couro, como sabemos, dentro das quais se encadernavam notas e mais notas de dinheiro. Toda a ala era dedicada a um tema específico: "Livros sobre a Infância do Pato Donald". Cachorros de orelhas pendentes e curtas passavam por ali bocejando. Não, ninguém leria livros sobre a infância do Pato Donald. O dinheiro de Patinhas estava a salvo, guardado em volumes que ninguém teria interesse em consultar.

Deduzo que a vontade de entediar-se, a atração insalubre pela mesmice de um palavrório

---

[2] O leitor lembrará aqui um poema de Mário Quintana, sobre "coisas que não sabemos o que fazer com elas". O poeta fala de um "sapato preto perdido de seu par", a seu ver um "símbolo/ da mais absoluta viuvez". Quintana, como se sabe, acreditava-se ave, pássaro, passarinho. Também os empalhava, a julgar pelo título de uma coletânea de seus poemas. O pássaro autoempalhado é, de resto, a moral da história de Patinhas que estamos a contar. Mas ouço um pigarro: "não, não, meu jovem." É de outro Mário, o de Andrade, não Quintana, o livro intitulado O *Empalhador de Passarinho*. Parece até que não se bicavam.

que se deita pelas páginas numa camada fina e uniforme de moscas esmagadas, enxame de letras tontas que se paralisa — e o próprio sol parece estar parado nesse dia de verão — como a água espessa e barrenta de um rio poluído, talvez o Mississipi onde Tom Sawyer não mais chafurda nem mancha as calças que arregaçou inutilmente, não, não existe em Patópolis. Donald nunca teria escolhido de moto próprio um livro que soubesse ser chato, o título do volume não lhe antecipava a ameaça mortal, nem a ela Donald cederia, se soubesse.

Uma dificuldade se interpõe neste raciocínio. O pavor ao tédio, de que se acometeram os cães à frente da nova ala da Biblioteca Patinhas, não é necessariamente extensível à espécie dos patos. Pois sabemos que, estranhamente, apesar do nome da cidade, a massa dos cidadãos em Patópolis não é composta de patos, e sim de cachorros. Uma minoria de penas brancas detém ali o prestígio, a riqueza, o *status* e o poder. Talvez estes, os patos, tenham ocasionalmente interesse em colher as flores murchas do aborrecimento, germinação natural da decadência, do ócio e da abundância; aos cachorros, plebe indistinta, é que a mais leve menção de monotonia repugna.

Em que a infância de Donald interessaria a um cão? E não há, em Patópolis, malfeitores entre os patos. O dinheiro estaria protegido dos Metralhas, de um João Bafo de Onça, ou de qualquer outro membro dessa raça suspeita de focinhos úmidos e pelos na cara; mas o tédio, privilégio de classe, seria prezado como iguaria a ser sorvida por bicos finos, droga desconhecida para aqueles patos cuja rotina afinal é um suceder-se de aventuras, viagens, descobertas arqueológicas, vitórias e perigos. Na biblioteca de Patinhas estaria guardado, junto com o dinheiro, que todos dispensam, um ainda maior tesouro; e o título "Contos Chatos" sugere para Donald, ou qualquer outro pato, com letras de ouro, a inestimável promessa de uma arte entorpecente.

Eis que voltamos, assim, ao ponto de partida como moscas, enquanto a mente de Donald se putrefaz sob o gorro azul e preto de grumete. Outra pergunta se coloca.

(Mas neste termo, "colocar", já existe algo de ovíparo, ovos que se produzem a intervalos regulares, não sem esforço, como, numa assembleia estudantil ou reunião sindical, o companheiro é criticado ou apoiado em sua "colocação", podendo portanto cacarejar em triunfo, ou em explicações suplementares, e não raro, nessas ocasiões, recorrerá a metáforas como "fazer isto e aquilo é deixar a raposa tomar conta do galinheiro", ao que o representante de uma corrente mais moderada responderá: "mais vale um pássaro na mão do que dois voando", mas logo outra colocação lembrará, em resposta, que não se faz omelete sem quebrar os ovos, ao que os ânimos se exaltam: "não venha cantar de galo em cima de mim", grita o moderado, "e tripudiar sobre as mais legítimas..", mas é interrompido:

"legítimas, uma ova!", e novamente, entre bicadas de ganso e grasnidos de "apoiado!", não se chegará a nenhuma conclusão.)

Tampouco saberemos exatamente — esta a pergunta — por que Donald usa sempre uma roupa de marinheiro. Não é, certamente, a sua profissão: Donald não tem nenhuma. Podemos pensar que patos tenham alguma intimidade com o elemento aquático; e que Donald, originalmente uma criança, usa roupa de marinheiro assim como Mickey, nos primeiros desenhos, era apresentado com uma consternadora fralda de bebê: assim muitos pais se dão ao prazer de fotografar o filho pequeno obrando no piniquinho, ou simplesmente pelado, como se a foto fosse inocente. Os mais velhos se lembram de um cartão postal que circulava depois da queda de Getúlio Vargas em 1945, mostrando o líder em sua primeira infância, sentado, em nu frontal, já com o sorriso inconfundível, já gordinho, já carequinha, já com o nariz curvo e incisivo como a pena da caneta-tinteiro com que assinou a carta-testamento: encimando a imagem do futuro estadista, tremulava uma faixa branca como uma fralda limpa, onde se escrevia: "Ele Voltará" — e assim, nesse novo nascimento, confiava-se que o governo Vargas, longe de ser uma página virada na história brasileira, ressuscitaria como renascem as moscas do verão, como reaparecem, sem lembrança, os passarinhos alegres da catástrofe, como o ovo que se quebra, de novo, para fazer o mesmo omelete.

E as crianças talvez se vistam de marinheiro porque acabaram de desembarcar no mundo. Razão forte, aliás, para o fato de vomitarem tanto: falta de hábito com a terra firme.

3

Legendas. O ponteiro das horas. "Entrementes". Hidrantes. Le Corbusier. O pincel atômico. Canais e igarapés. História e Geografia. Pigarros. Um problema de tradução.

Passa-se de um quadrinho a outro sem problema: a disposição horizontal da página, com breves traves brancas — como um prédio de apartamentos a mostrar suas janelas iluminadas ao adolescente sorrateiro que, de noite, com um binóculo, quer surpreender cenas de sexo como as que leu no livro de Arthur Hailey —, simplesmente impõe seu ritmo binário e claro aos olhos, ao contrário da página de um livro, onde, sem tique-taques e sem arejamento racional do espaço, as linhas escritas se empilham como se o ato de leitura, orientado de cima a baixo, equivalesse a uma queda lenta, a um mergulho no mar de piche escrito em que vírgulas nadam como peixes, ou a um despencar-se sem gritos no poço sem fundo do elevador das letras.

Para os habitantes de Patópolis, a transição de um quadrinho a outro se dá na forma imperceptível do acidente à luz do dia. Isto lhes salva a vida, como vimos: sem continuidade, a dor se extingue num instante. A aparição e a desaparição de uma circunstância, de uma paisagem, de um passarinho ou de um boneco se faz de forma digital.

(Mas por que chamar de "boneco", coisa que se faz com frequência, as personagens de Disney? Um boneco, por exemplo, é o de Patinhas recheado de dinheiro; espécie de estátua gigantesca de pelúcia dura, sem movimentos exceto o de uma ou outra articulação grosseira, que o Metralha queria desatarraxar).

Quando era criança, espantava-me o fato de que o ponteiro das horas, parecendo parado no relógio, não obstante se movesse; e que — eis novamente a minúcia ungular, franzida e prepucial da infância — o ponteiro dos segundos, muito mais rápido, desse paradinhas a cada subdivisão do mostrador, como que pulando amarelinha, cuspindo parcamente o tempo em ejaculações secas e contadas. Prevalecia entretanto a impressão de um fluxo contínuo de tempo, medido pelo ponteiro curto das horas, como metáfora de um amadurecimento seguro e invisível. Assim, a tia solteira se espanta diante do adolescente dizendo: "Como você cresceu!", e sua frase se dirige ao rapaz como se ele não fosse mais que um pênis embaraçado e sorridente, o que aliás ele é, com espinhas disfarçando o fato, sob o signo paradoxal da protuberância.

Como imaginar, então, o tédio em Patópolis, se o próprio tempo não se estica, se a própria tentativa de aborrecer-se se interrompe antes mesmo que moscas venham atrapalhar a leitura de Donald? A barra vertical de um quadrinho cai como um relâmpago feito de fatos que se seguem; o tempo da espera logo se quebra — há tabuletas para isso, em caso de emergência, dizendo: "Mais tarde..." ou "Depois..." —, como a casca de um ovo que jamais irá gerar seus passarinhos.

Do mesmo modo, é sabido que no cinema americano os telefones nunca estão ocupados, nunca ninguém perde um segundo que seja procurando a chave para abrir a porta quando tocam a campainha, e uma noite de sono é apenas uma leve diminuição da luz do ambiente quando se apaga o abajur (e eis que da janela do quarto irrompe um luar forte como o dia). Ai do diretor de cinema que quiser, por escrúpulo realista, fazer durar mais do que deve uma viagem de ônibus ou uma fila de aeroporto: o realista será, sabemos, um chato — filmes reais, feitos em Estocolmo ou em Berlim, trarão, sob o título incompreensível, a legenda oculta, censurada, definitiva: "filme chato".

Legendas: talvez o título do livro donaldiano pertença a esta categoria também, feita de inumeráveis avisos invisíveis, floresta de signos dentro da qual tantos de nós caminhamos a esmo, aos tropeços, dando cabeçadas sem saber. Há os úteis lembretes que, nas historinhas de Walt Disney, aceleram a narrativa: "enquanto isso", "entrementes", "depois". Penso, entretanto, nas legendas de cinema mudo, suas explicações patéticas, suas molduras geográficas, suas exclamações sem som. Uma esposa chorosa, vestido branco pelas canelas como uma anágua, o pega-rapaz como uma clave de fá marcando a nota de desespero na sinfonia doméstica, vai de um lado para outro da tela, agarrando um telefone enorme e negro como uma limusine ou coche fúnebre; sacode seus ombros, lágrimas escorrem pelo rosto desenhado a carvão. Surge a legenda: "Uma mulher traída". Os olhos do espectador piscam no mesmo ritmo da luz saltada, quadro a quadro, que passa pelo celuloide e se desenrola na celeridade do tempo antigo; piscam e assentem: uma mulher traída. Ou então a cena se abre numa viela que cruza um riquixá; homenzinhos de chapéu cônico dizem "sim" como bonecos; ao longe, pagodes, imperadores, espiões, torturas. A legenda estabelece: "Pequim". Um senhor gordo, de bigodes grossos, afrouxa o colarinho; passa um lenço em forma de repolho sobre a testa calva; o peitilho do fraque se empena e se dissolve na luz; aquele cavalheiro bufa, e a legenda explica: "Um dia de calor".

Faz calor em Patópolis. Nenhuma legenda vem deitar sua sombra sobre Donald. Um título pousa então, improvável, sobre o livro: Contos Chatos. O tempo, suas estradas de poeira, suas planícies indistintas, seu mormaço, sua passagem permanente a lugar nenhum, todavia não existe ali; a chatice vem de fora.

Tropeçam por sua própria conta os patos, de um quadrinho a outro, no alívio e na falta de tensão de um relógio que simplesmente muda o mostrador de cristal líquido, das 13:39 para as 13:40, despertando de uma curta noite a cada instante, sem que se estique, hercúleo, vencendo com braçadas invisíveis a areia movediça do futuro, o pobre ponteiro das horas que circula num lago sem saída, em vão.

Nas histórias de Walt Disney havia, entretanto, certas situações de crise; um ou dois quadrinhos se gastavam em cenas de transição, de impasse, de beco sem saída; cumpre ingressar portanto, vencendo os muitos corredores inúteis do prédio das Organizações Patinhas, na Sala das Preocupações. Lá, sobre pisos de mármore que se gastam em minutos, e em mais alguns minutos se aprofundam num fosso do qual emergem mal e mal as figuras de nossos heróis, é hora de andar em círculos, infinitamente, na imitação concentrada e mecânica dos ponteiros do relógio. O mármore, como neve, se dissolve sob a energia das patas preocupadas. Patinhas não se cansa.

Assim, quando nas altas madrugadas da adolescência, ficávamos horas e horas vendo filmes na TV (os clássicos em branco e preto de Hollywood só começavam depois da meia-noite), havia quem se vangloriasse de ter chegado até o fim da programação da TV Record. Coisa que aos sábados se dava aí pelas quatro e meia da manhã, com direito a um mesmo ritual de encerramento. Em meio a uma música épica, passava-se o filme de um nadador rompendo, enérgico, ondas e mais ondas em seguida, numa rebentação que nunca terminava, mas que mesmo assim o nadador parecia ir vencendo aos poucos; "mais quinze minutos, mamãe", forcejava o ginasiano, olhos fixos naquela atividade braçal entre as espumas. O despertador, no dia seguinte, não funcionaria. Lembro-me bem do que eu possuía quando criança: não o Westclox tradicional, conciso e metálico na sua base curta e circunferência niquelada, onde a campainha se embutisse por pudor; muito menos o que Donald usaria, explícito nas duas campânulas pequenas e doloridas como testículos, que um mínimo badalo bate enlouquecido, fazendo o pato saltar da cama na primeira catástrofe do dia; era algo mais infantil, mais feliz, de plástico cor-de-abóbora, onde a cada hora do mostrador correspondia uma personagem de Walt Disney: Bambi, Pateta, Banzé, Gansolino impunham sorrisos e sins a cada hora, sempre igual, do dia. Resumindo todos, perto do número seis, mas fora do círculo plástico de tantas alegrias, quem fazia o papel de pêndulo, maestro do tique-taque, instância em movimento daquilo tudo, era o próprio Donald, recortado cuidadosamente em papelão indestrutível; sua oscilação febril, da direita para a esquerda, da esquerda para a direita, simulava, pela disposição dos pulsos e das patas, uma corrida animada e sorridente, sempre em frente: mas ele nunca saía do lugar.

Pois o amadurecimento é proeza impensável para Donald. Se Mickey se livrou das fraldas, ou do calçãozinho vermelho com um único suspensório transversal que marcou sua primeira infância, isto se deve talvez a que, sendo rato, sua vida subterrânea não se rege, escondida em tocas, pela mecânica sobressaltada de um Donald, que julga atravessar o tempo com passos descontínuos, oscilantes e inúteis de pato. Neste, a roupa de marinheiro expressa a nostalgia da superfície lisa de uma bolsa de água quente, de um rio, de um mar; das bolsas moles de gelo que lhe diminuem a dor de cabeça depois de golpeado. Mas Mickey, com o chapéu borsalino na cabeça desmedida, com o rabo flagelante e longo de inquisidor, com a astúcia farejante de diplomata plebeíssimo, vence ágil os desafios do tempo. Seus pés, calçados em bolas de *bubbaloo* laranja, daquelas que se vendem nas máquinas automáticas, pulam inchados sobre a terra, explodindo em vitórias e ameaças superadas. Donald palmilha a terra estupidamente, esmagando-a a cada passo, quadrinho após quadrinho, num rebolado feio, aberto e esforçado, como alguém que durante um blecaute tivesse de subir treze andares a pé porque o elevador não funciona, e chega, ofegante e bambo, no apartamento negro como um quadrinho. Uma legenda, para ninguém, informa: "Fim de um dia de trabalho". Mas Donald não sobe; permanece no plano, e cada andar vencido é sempre igual, escada rolante a morder o próprio rabo. Não se lembraram de pregar cartazes que indicassem a sucessão numérica, o calendário da ascensão. O edifício é indiferente à bactéria humana que o perfura como cárie esportiva e escoteira: sempre em frente, sempre acima; ratos e baratas fazem o mesmo percurso, pelos canos, nas noites de verão. Mickey, depois de muito esforço, ascende à existência ordeira e civil.

Caso raro; em Patópolis, não há prédios residenciais de apartamento. Mora-se em casas, cada qual com sua sala de estar e sua poltrona preferida. Todos os endereços virtualmente se resumem a um, o de Clarabela e Minnie, a saber, a Rua das Acácias[1]. Nessa ordem suburbana, "morar é viver": com este slogan uma loja de armários de cozinha, nos anos 70, resumia sua filosofia: pelo menos é o que me relatava um amigo do ginásio, cujo sorriso irônico não escondia a aprovação pelo achado literário. A casa do amigo passava por transformações, como a minha alguns anos depois: na euforia torturada da reforma, mães e pais grasnavam com as contas do pedreiro, enfartavam-se diante da troca dos encanamentos, vibravam com olhos de alumínio diante da cozinha nova.

Assim, Le Corbusier celebrava a Idade Média como capaz de estender sobre o território da França "un blanc manteau d'églises neuves" (um branco manto de igrejas novas): a novidade do gótico, o moderno da perseguição, o empenho

---

[1] Um pesquisador alemão chegou a conclusão diversa: identificou, depois de ler muitos gibis, que Donald mudou mais de trinta vezes de endereço. Não é impossível. Não é impossível, tampouco, que Donald nem mesmo tenha percebido o fato. Na hipótese que chamamos de real, Donald se muda, malas e cuias, para uma casa nova. Na hipótese alternativa, tudo se resume à atribuição caprichosa de uma paisagem nova à sua vaga existência de sempre. Morar numa casa, viver num lugar, ter um endereço, cercar-se de vizinhos, situar-se em certa paisagem: são muitas as formas de estabelecer-se onde quer que seja, sem sair do ponto de partida.

torturador da forma pura e reta se uniam com todas as suas forças de cadafalso, a prumo; e estas então se voltavam contra os mestres de obra incompetentes nas famílias de 1975. Sinal de que todo casamento, de vez em quando, deve dedicar-se a obras de renovação patrimonial: e não há muita razão para considerar como "manto" o bombardeio esparso de catedrais sobre o país da França, a menos que se entenda o terrorismo como técnica de metástase, a purificação como desastre, a casa como higiene do mundo, cada construção civil como dinamite sobre Dresden, Hamburgo ou Roterdã, de onde emergem, como cogumelos cúbicos, casas sadias, blocos iguais de cimento e vidro, quadrinhos de morar; mas ao contrário da doença, que vive pelo modo da contaminação, a brancura e a saúde reta das casas limpas pressupõe a cirurgia, o ato curto e hospitalar do Estado.

Para os patopolenses, o Estado não costuma existir, exceto sob a forma de agentes de polícia, e a vida urbana se dispõe em casas boas e ruas retas em que ressalta, de quando em quando, o hidrante vermelho diante do qual não se pode estacionar. Não há, ao que me lembre, sinais de trânsito em Patópolis: a placa de estacionamento proibido, uma barra vermelha sobre o P ou sobre o E, foi banida daquela cidade onde os guardas são ativos e diligentes. A tira vermelha e transversal da placa, a mesma que ocupava o tórax pequenino de Mickey, na forma de suspensório a avisar que sua própria infância era uma proibição em vida, desapareceu no espaço de Patópolis.

Ou no tempo? Não sabemos; lá as duas coisas se confundem. Cinco dias se resumem a um quadrinho, e voltamos ao lembrete, à legenda que no canto superior esquerdo está a dizer: "enquanto isso...", ou: "entrementes", ou: "pouco depois"; ou: "assim"... Ganchos, alfinetes de segurança a prender fraldas de bebê, asseguram a continuidade lógica da historinha. Não se confundem com os pássaros e as estrelas que aparecem como interjeições visuais de uma dor inexistente ou duvidosa. Aqui, na clausura de um retângulo achatado e discreto, as indicações de continuidade e tempo são sem dúvida externas, funcionais, claras e sem fantasia como as janelas semicerradas com persianas num prédio moderno: o edifício do Detran em São Paulo, por exemplo, onde o retângulo vasto e branco de concreto caiado parece ser apenas um arcabouço voluntário para o cruzamento cerrado das linhas traçadas em grafite fino dos andares e janelas, enquanto os pilotis em forma de V, grossos e oblíquos, fazem referência clara às grossas canetas *Pilot*, objeto de inveja e desejo no ginásio, arma de arquiteto pronto para seus planos-piloto, que atendiam pelo nome de " Pincel Atômico", antes do advento, aí sim moderno, das canetinhas hidrográficas.

Não, o pincel atômico, que alguns levavam na mochila, não servia para muita coisa. Não ajudava o aluno a fazer mapas mais precisos das viagens de Colombo, das expedições de Alexandre Magno, das fronteiras da Grécia no tempo de Péricles. Lições de casa eram debruadas com capricho de lápis no papel vegetal, com esforço e paciência, choro e ranger de dentes, até que o advento das canetas hidrográficas deu a tudo uma dutilidade úmida, um escorregar dócil às fluências do pulso, que traduzia então em cores nítidas as fronteiras do Sacro Império Romano-Germânico, as extensões da Bacia do Paraná, a linha dos terremotos que passa por Los Angeles.

E qual o mapa, quais os limites, qual o território de Patópolis? Se a caça a um tesouro ou o mero interesse cultural levarem os patos a Veneza ou à Amazônia — lugares que talvez disputem entre si o posto de mais procurados pelo clã de Patinhas, já que em ambos há canais, rios, igarapés e igapós —, não é apenas água, obras de arte, tesouros guardados por jacarés o que os patos encontram. Fazem contato com os nativos: que são cachorros, talvez patos, certamente um papagaio. Ou seja, indo a Veneza ou aportando no Pará, metendo-se na África ou num vasto Oriente onde cachorros fumam narguilé, nenhum personagem deixou Patópolis de fato.

O mesmo se aplica à outra disciplina ginasiana por excelência, a História. Atenas era uma Patópolis onde patos de peplo e sandálias viveram o império da Razão sem tecnologia, sem hidrantes, sem caixas-forte para proteger ou arrombar: apenas a monumentalidade branca e seca do mármore fixava, modelo a ser seguido depois na Biblioteca Infantil Patinhas, padrões frios como os que Le Corbusier tentou associar ao fervor, que nada tinha de branco nem de manto, das catedrais que elucubravam seus caracóis de furiosos pesadelos pelas planícies férteis da França.

Todo o legado histórico ocidental, de que em Patópolis se está consciente, padece entretanto de algumas falhas, assim como numa prova não é preciso acertar tudo, assim como na massa das aulas a que é preciso assistir admitem-se algumas faltas, gazetas como se dizia antigamente, semelhantes aos buracos do queijo suíço que, aliás, é o único que se conhece na cidade.

Há uma lacuna básica na História patopolense, um buraco naquele *doughnut*, uma interrupção fundamental em sua "frisa do tempo" — como gostava de dizer um professor meu, que quando não tinha muito assunto riscava, sobre a lousa verde, uma linha de giz sumária de arquiteto onde se marcavam as datas principais de nossa passagem sobre este pequeno mundo, 786, 1453, 1776, 1789 (seriam os números de outros e antigos Metralhas?), depois apagados pela professora de Matemática, espécie de Maga Patalógica entregue à cabala de x, y, z, manipuladora exímia de números, como se tivesse finalmente roubado toda a fortuna de Patinhas, para administrá-la melhor.

Essa falha histórica em Patópolis é o Cristianismo. Não podemos imaginar, nem nunca vimos, um pato na cruz. Pode ser que haja um deus naquela cidade; terá barbas brancas, penas brancas, um traseiro branco que se afofa numa nuvem branca, a preferida; mas não existe filho seu, como aliás não há filhos, só sobrinhos, em Patópolis. Um pato crucificado é impossível. Só vimos, até agora, Donald no tédio. Ora, esta expressão nos evoca, digamo-lo com um pigarro que homenageia o "efeito historieta" de algumas páginas atrás (tabagismo e bigodetos, gazetas, falsetas, erres puxados na garganta, rascâncias de pentelho irritando a epiglote de um velho professor de peito cavo, consumido e amarelo), esta expressão nos evoca, repito, a frase que Sérgio Milliet incorporou aos Pensamentos de Pascal na edição dos "Pensadores". Na abertura de um capítulo vertiginoso, doentio e lacônico de Pascal — nome aliás de pato enfermiço —, Sérgio Milliet escreveu: "Jesus no tédio". *Jésus dans l' ennui*, dizia o original. Mas — cof — "ennui", no século 17, queria dizer apenas "tortura". Para Pascal, o escândalo, cheio de graça, era ver Jesus torturado. Para nós, as coisas não são tão simples; não se esgotam nesse parco e barato paradoxo. O tédio é o tormento que resta a Donald: não foi Filho do Homem. Ei-lo de volta às moscas.

Mas talvez, lendo, ele perceba o tédio de que estava inconsciente. Num relâmpago, a palavra fatal — "como isto é chato!" — aparecerá como um eureca, como uma inspiração digna de cientistas como Pardal ou Ludovico: o título do livro, que Donald desconhecia, surge assim como uma promessa de revelação. Ele não sabe, mas nós sabemos, e sabemos que ele terminará sabendo, que os Contos são Chatos.

Donald no tédio: examinemos esta circunstância. Que procure o tédio, isto o humaniza.

Que o tédio lhe seja atribuído pela perversa capa de um livro desenhado por Disney ou seus prepostos, isto o diminui. O tédio sem dúvida humanizou o Cristo de Pascal; como imaginar que, andando sobre as águas, multiplicando peixes, orientando correligionários, seguro de sua missão no mundo, Cristo sentisse o tédio? Registra-se, contudo, a existência de um "demônio do meio-dia": aquele que atinge o monge nos dias estivais, em que tudo é pleno e satisfeito, as nuvens como algodão, o sol como irradiação de Deus, o céu branco como pergaminho passado a limpo, missão cumprida de uma obra. Verme negro, o tédio vai roendo tanta perfeição: nega o fato de que tal se dê no mundo. Pois o mundo é mais variado, caleidoscópio de corpos nas 124 posições do Kama-Sutra: o mundo se agita com os inumeráveis braços de não sei que deusa indiana, e se faz santo e sagrado, não na pureza, mas na imperfeição.

Muito plausível, portanto, o tédio de Cristo. Esta a verdadeira tentação que o demônio maquinou durante os quarenta dias no deserto. Se é para um Deus encarnar-se, assumir integralmente a condição humana, não só os pregos e espinhos torturando a carne, mas os tédios, os sonos, os vazios teriam de inflitrar-se no sangue do filho, com lentidões de sopa. A não ser que Deus tivesse, de seu filho humano, uma imagem material demais. Reduziria assim seu sofrimento a chicotes, cruzes, cravos de ferro. Teria feito então um boneco enviado à terra para sofrer — só que desconhecedor das formas mais espirituais de sofrimento. É nesse ponto que o demônio ataca. Sua proposta de danação é menos carnal do que a de Deus, ignorante nesse aspecto. É lisonjeira também: faz de toda carne um espírito descontente. Triunfo! O tédio é a real encarnação do espírito.

Mas é a carne de Donald o que está em jogo entre nós. Se o pato quis o tédio, se o conhece, se algo o prende como gosma na poltrona preferida, se lhe pesa o livro, então algo se remói no interior daquela estrutura leve, oca e rotunda de fofas penas. Se desconhece o livro, e se o título derrisório e breve apenas pousou com patas irônicas e imperceptíveis de borboleta sobre a capa — *Contos Chatos* —, Donald será inocente, um simples contorno de linhas como um arame organizado, junco leitor e sonolento, objeto a quem se atribui uma atitude espichada e mole numa tarde de verão, mas insubstancial[2], esquemático, resultante de um desenho a bico fino de pena na prancheta. Impregnada a tinta nas asas de corvo do Nada, o artista, o arquiteto impessoal da desgraça inexistente, gargalha com os olhos enclausurados nos óculos redondos de

---

[2] O professor Antoine Albalat, o "velho Albalat", como dizia Augusto Meyer, perquiriu os originais de Chateaubriand, o visconde, para apreciar suas correções. Nota "uma bem bonita". Chateaubriand tinha escrito inicialmente: "Nesta hora minha mocidade volta; ressuscita os dias transcorridos que o tempo reduziu ao estado de fantasmas." Depois, teria considerado "reduzir ao estado de fantasmas" muito banal. Riscou "estado" e escreveu "inconsistência". Mas "inconsistência" talvez ainda fosse material demais. Na edição definitiva, aparece então: *Ma jeunesse revient à cette heure; elle ressuscite les jours écoulés que le temps a réduits à l'* insubstance *des fantômes*. A insubstância? Insubstancialidade, talvez, dos fantasmas.

aros negros e grossos de massa. Não é impossível que use uma gravata borboleta, como nosso caro Le Corbusier, "Corbu", para os íntimos.

Tartarugas, corvos e borboletas vão, afinal, compondo o perfil do desenhista, e aqui temos uma vingança de Patópolis, sua heresia, sua blasfêmia: a exemplo daquele pintor chinês que se perdeu na paisagem que pintava, o criador da cena obedece às leis da criatura, e sua ironia ao intitular com malevolência o livro de Donald se transpõe sobre o papel num grasnido crítico, impotente e inaudível.

A realidade, para Donald, nutre-se em lagos de tédio, asas de mosca e poços de compêndio. Nesse estado — algo como uma gravidez em negativo; inseminação de morte; vazio que pesa como chumbo —, há virtude e coragem, resistência não menos do que entrega.

Pois o demônio inventa sempre artifícios contra o tédio. Talvez seja demoníaco, e não divino, o ato de denunciar a chatice dos contos que Donald, a despeito de tudo, quer ler. Quer-se, assim, afastar o pato de sua missão mais visceral, da boia de salvação à qual, bom marinheiro, se agarra sem sombra de náusea, como a um dever. Boia de salvação? Talvez o contrário: uma daquelas grandes bolas de chumbo pretas que se prendem ao tornozelo dos condenados; mas afundar, neste dia de calor em Patópolis, é precisamente a salvação.

E quantas Disneylândias de distração, quantos redemoinhos de prazer e movimento puro o demônio não sabe construir, bom arquiteto, neste mundo? A Disneylândia adulta: bares e mesas de bilhar, o verde da mesa coroado pelo azul fluorescente de cima, onde a fumaça de cigarros e mais cigarros flutua incansavelmente, e os planetas de sete cores colidem com suavidade e calma até que sejam engolidos na caçapa. De onde emergem, sem equimoses, sempre novos, para gravitar outra vez, num caos sem paixão. Ouvem-se os primeiros acordes do "Fino da Fossa": Paulo César Pereio, mártir afixado na madeira do piano, olha para o teto com submissão de santo, barba áspera de eremita, entregue a suas macerações e drinques, retrato do ascetismo *on the rocks*. Esta é apenas uma Disneylândia; há muitas outras, e Donald, se se entedia de fato, não as conhece.

Conhece-as Pinóquio, este épico boneco — aqui sim o termo cabe — cujo nariz cresce a cada mentira, e as orelhas a cada tentação. De que adiantam as breves interjeições e os alarmes verdes de um grilo, face às ofertas imensas de Stromboli? O grilo falante apela a mais que conselhos; tenta, aliás com êxito, a carreira artística hollywoodiana; com voz açucarada de tenor de opereta, e a cartola de sábio na mão direita derramando entusiasmo ou mendigando aplauso, entoa a melodia de "If you wish upon a star" ("Se tens fé no coração"). Mas como ter fé nos conselhos de um grilo que fala, e que canta? Collodi não diz a verdade.

4

Outono em Oxford. Mondo Cane. Perucas. Batman entre nós. Móveis Cimo. Atividades na Mansão Wayne.

    Termo efetivamente inadequado, o de "boneco", usado acima com referência a Pinóquio. Só o mais primitivo crente chamaria Fred Flintstone, por exemplo, de "boneco"; seria preciso muita convicção fetichista, muita fé na animação do mundo — da qual um velho antropólogo riria, entre livros diversos, pigarros veteranos, impaciências rangendo na cadeira de balanço.
    A tarde cai sobre Oxford; remadores ainda grasnam ao longe, destituídos de crendice. Um compêndio cochila no colo do professor Ludovico. Nele se afirma, entretanto, que os egípcios não apenas acreditavam em Horus, deus metade homem, metade falcão (Ludovico reconhece traços familiares na gravura), mas que adoravam crocodilos, macacos, gatos, até cebolas[1] — e aí Ludovico recua de horror; tem de

---

[1] Voltaire afirma isso no *Tratado sobre a Tolerância*. Voltaire, que muitos acreditaram ser um símio. Mas não é preciso acreditar em Voltaire.

considerar, entretanto, que a civilização egípcia não era primitiva para os padrões da época. É outono agora. Ludovico levanta-se da cadeira de balanço para seu chá costumeiro das cinco.

Ocorre-lhe a cena de "Mondo Cane", o filme, onde a relação de certos cultos primitivos com a construção de bonecos é abordada até que com poesia, para quem assume um ponto de vista canino. Trata-se do chamado "Cargo Cult". Os nativos dos Mares do Sul presenciam espantados, e esquecidos das frequentes visitas dos patos, a queda de um avião que lhes trazia presentes, miçangas, aspirinas, espelhos, gibis talvez. Maravilhados com o acidente, passaram a esperar a volta do Avião. Vemos no documentário que construíram eles próprios, na nudez da selva, um avião de palha e vime. E quando chega a noite, há revoadas de insetos no calor sufocante que caracteriza a região. O sacerdote nativo se posta ao lado do ídolo, do construto aviário de vime. Contempla um céu estratificado em cores simples, arco-íris vertical que se afunda a caminho do fim; tudo é propício a uma contemplação falsa, a uma escuta em vão. O zumbido dos insetos se intensifica. O avião não voltará tão cedo.

Mas quantos aviões, porcamente pilotados pelo pato de plantão, já não embicaram desesperados em ilhas parecidas? Quem espera nada perde. Perucas, certa vez — lembro-me de outra historinha — adquiriram em Patópolis (entre as mulheres de Patópolis) as dimensões de "uma verdadeira coqueluche". Era o que informava o letreiro inicial da narrativa, e não havia tempo para maiores explicações. Eis Donald pilotando sozinho seu teco-teco, às voltas com um imenso carregamento de perucas, que lhe cabe transportar no atendimento aos desejos imperativos do mercado. As caixas de papelão, réplica indigente da caixa-forte de Patinhas, não suportam o conteúdo imperioso dos cabelos de todas as cores; barbantes se rompem, fitas adesivas estalam, elásticos são incapazes de conter a eclosão múltipla de tantas caranguejeiras sem patas que perseguem, infernizam, coçam e roçam a pele alva de Donald; montes de fios pretos, castanhos, ruivos e dourados adquirem vida, como de repente, da brancura ainda imaculada de uma cueca, uma população larvar de pelos púberes brota numa noite, noite em que voejavam pernilongos celebrando, num último banquete, o sangue ainda doce de um menino que embica, no rumo certo do desastre, o mínimo aeromodelo — impossível montá-lo, a cola química tende a secar-se nas mãos, o manual de instruções de nada serve, a tinta verde e parda da camuflagem militar se lambreca toda nos tacos do assoalho, uma pecinha está solta e não se sabe onde metê-la, o trem de pouso é uma rodinha imóvel e inelástica —, o aviãozinho, miniatura de um "Spitfire" da Segunda Guerra, de algum longínquo "Kitty Hawk" fadado a jamais levantar voo, o aeroplano imperfeito da infância.

As perucas enfim explodem na cabine de Donald: uma ou duas caem sobre seu rosto; o pato não vê mais nada, o monomotor entra em parafuso, e haverá nativos numa ilha próxima, cães vestidos de folhas de bananeira, prontos para içar o avião, o seu carregamento e Donald da copa imensa e macia das árvores pensas, de onde caem, como folhas de outono — mas não há outono nos mares do Sul — ruivas, negras e douradas, pencas de perucas em grande oferta.

É outono em Oxford, e o professor Ludovico toma seu chá tranquilamente. Condói-se dos nativos, com seu fetiche de vime feito à semelhança de um avião humano. Cabe pensar, entretanto, na sorte patética de tantos humanos, digo, humanos civilizados, que tentaram inutilmente imitar as aves, numa cópia precaríssima de asas feitas de papel e pena, grudadas com cera e cuspe, ridículas construções de taquara e lona com que se atiraram das alturas da Golden Gate ou da Torre Eiffel, e terminam, depois de rodopios, achatando-se no chão. Ludovico balança mais uma vez a cabeça. Uma lágrima, em homenagem, escorre-lhe pelo bico e suicida-se, sem saber também, no raso pires de seu chá.

Tristes bonecos! Um deus do Olimpo veria na mais bela estátua do Museu de Atenas uma cópia grotesca, idiotizada, daquilo que ele é. Do mesmo modo que Donald, o Donald real, não se reconheceria nos enormes bonecos que saúdam, com a boca aberta de plástico ou de argamassa, as crianças que chegam à Disney em peregrinação feliz.

Isto, se fosse possível uma criança piedosa a ponto de julgar-se capaz de encontrar na Disney os reais Patinhas, Pluto e Mickey. Não, são apenas bonecos, que servem no máximo para posar nas fotografias que ficarão guardadas na carteira de pais e mães, como cédulas afetivas, de escasso trânsito no mundo exterior, enfiadas no forro obeso da memória.

Nunca fui à Disney. Mas, crédulo, quis que minha mãe me levasse, numa tarde de inverno, ao Brás, na rua Celso Garcia, onde havia uma loja Pirani, e onde Batman iria aparecer. Brás? Era muito longe. Batman? Não irá aparecer. Mas eu guardava muitas moedinhas no bolso para entupir o caça-níqueis, à espera da decisão positiva que brilharia nos olhos de minha mãe, como uma coincidência de peras ou maçãs. Não será mais longe do que Gotham City. Nunca o Batman estivera tão perto de nós. Minha mãe cedeu, por fim, a essa oportunidade única.

Mas não era o Batman. Era, em primeiro lugar, um monte de pernas, como as colunas comprimidas de um templo excessivo, feito de vincos negros de tergal, de meias escuras de náilon, mais gótico do que grego, mais industrial que gótico, paliçada adulta coberta de fuligem, entrevista nas sombras de um gasômetro, escuridão industrial de uma Gotham City levantada de súbito com seus arranha-céus de granito, de basalto e carne humana, rumorejante de comentários indistintos, comigo entre tantas pernas, impedido de ver uma nesga que fosse do ídolo que caíra, metido num colante, sunga azul e capa preta, num fundo apertado da Pirani.

Um espaço pequeno se abria entretanto à sua volta, como se fosse uma batcaverna mínima onde instalaram uma batmesa de fórmica e uma batcadeira, que entretanto era daquelas mais comuns, de madeira escura e espaldar supostamente anatômico, recurvo, com uma fenda em forma de boca trágica, igual às que se usavam na escola primária, ignorante ainda da evolução que viria mais tarde com as carteiras de tipo universitário, inutilizáveis pelos alunos canhotos, onde o braço direito hipertrofiado, músculos de Hulk enfurecido, servia para apoiar o caderno, já também evoluído, do tipo "universitário" e com folhas destacáveis da espiral. Não; era uma cadeira tão cadeira quanto as poltronas eram poltronas em Patópolis; nela se acomodam (acomodem-se, senhores, diz o diretor da escola num dia de ameaças) as crianças do primário: todos se sentam então, e antes que o diretor tome a palavra há tempo para ler, mais uma vez, o mínimo emblema grudado nas costas da cadeira do aluno em frente: "Móveis Cimo-Curitiba". Do tamanho de uma abotoadura verde e amarela, a marca do produto sobrevive a riscos de caneta, perfurações de canivete, raspagens de unha suja na preguiça da chamada: "Cimo", outro mistério. Hipótese real: Companhia Industrial de Móveis. Hipótese transcendente: cimo, ápice, o máximo em móveis escolares; óbvia tentativa de rivalizar com a verdadeira marca das cadeiras, a única que deveria existir: "Móveis Acme".

Sentado em sua cadeira de Curitiba, o Homem-Morcego dava autógrafos; a luva da mão direita havia sido retirada para melhor cumprimento da missão, e um relógio de pulso prateado brilhava, por vezes, entre as frestas das pessoas. Por cima de tudo, a legenda invisível dizia apenas: "Batman". Já bastava; do ambiente, estranhamente adulto, tomado de rumores de fotógrafos, fui retirado em pouco tempo.

Batman — o *meu* Batman — voltaria entretanto, no Carnaval seguinte; eis então minha mãe mobilizada, como se atendesse a um sinal desesperado iluminando com insistência as nuvens negras de Gotham, na tarefa de arranjar para mim uma fantasia do herói. As engrenagens da Mansão Wayne puseram-se em funcionamento com lentidão. Primeiro, que se fosse em busca de uma roupa inteiriça de malha. Não, certamente, as ceroulas que, remexendo no armário, o Superpateta encontrou para lançar-se em pleno voo — vermelhas, grossas, as felpas do tecido irrompendo como pelos de barba mal-feita (e o que não é mal-feito no mundo de Pateta?), a que se somava o detalhe humilhante dos fundilhos, providos de grandes botões de cada lado, práticos em caso de necessidade. "Necessidade", outra palavra infeliz, desconhecida dos habitantes de Krypton ou mesmo da infantil Pequenópolis, terra de adoção do Super-homem; como Batman, como o Capitão América, as sungas que vinham por cima atestavam a absoluta ausência de movimentos abaixo da cintura; cintos de castidade fisiológica, vetos acetinados a qualquer olhar de dúvida, simbolizavam o poder extremo de uma virilidade sem papel higiênico, sem cuequinhas borradas involuntariamente à espera do sinal do recreio. O diretor da escola prossegue sua arenga; a etiqueta dos Móveis Cimo reluz como um distante sol da liberdade, ou como aquelas velhas imagens de catecismo, onde um olho dentro de um triângulo radioso atesta a presença de um Deus onisciente, espécie de hieroglifo com que o desenhista avisa que nada do que se faz em terra escapa do sacro escrutínio; a etiqueta retrai-se mais e mais ao olhar fixo do pequeno estudante, cujas pupilas, acostumando-se à escuridão do fundo marrom do encosto da cadeira, dilatam-se no desespero de um único desejo: ser como o menino à sua frente, nuca e colarinho brancos, bem postos no mundo, sem nenhum sinal de mal-estar, de aperto, de "necessidade". Desejo impossível: Deus não existe.

A infância, reino da necessidade, que desconhecem os super-heróis, e mesmo quaisquer personagens de filme ou de romance: Tom Sawyer perdido numa ilha do Mississipi, Mike Nelson em sua roupa, também inteiriça, de borracha, em pleno mar; Tintim nos desertos da América, Tintim no Congo, Tintim entre os Jívaros, Tintim no Tibet[2]: corpos imaculados,

---

[2] Num paradoxo interessante, os colonizadores se esquecem de transportar aos países primitivos a privada, conforto entretanto básico da civilização. Talvez porque julguem todo o Terceiro Mundo como tal. A esse respeito, convém consultar o ensaio de W.C. Hall, "Latin America as *America Latrina*: a Study in Self-Deprecating Language amongst Brazilian *Intelligentsia*." Foi coletado em *Introductory Papers on Post-Colonialism* (Chicago University, 1988). Apesar de antigo, esse volumoso compêndio reúne clássicos indispensáveis, como "Shakespeare in the Bush" ["Shakespeare no Matinho"], de Laura Bohannon, e conta com importante posfácio de E. Saïd. Para muitos, aliás, esse posfácio é a melhor porta de entrada para a obra de Saïd.

inteiriços, sem quadrinhos nem câmeras que pudessem revelar suas passagens pelo "reservado". E é lá, paradoxalmente, que o mundo se organiza em quadrinhos de azulejo e retângulos simétricos de papel. Hipótese real: não há privadas em Patópolis. Hipótese transcendente: existem, mas não foram desenhadas; o autor, aqui, retira e censura, em vez de adicionar e escrever comentários sobre a superfície das coisas. Pode-se argumentar que a ceroula do Superpateta tem fundilhos; mas não passa de acréscimo, novamente derrisório, do desenhista sobre o tecido na verdade liso que o pobre cachorro, imaginando-se pronto a voar, vestia na perfeição otária de um inocente de abril. "Xute-me", mais uma vez. Não nos livraremos nunca dessa sina.

Mas, enquanto isso, verdade seja dita, as engrenagens da Mansão Wayne não pararam por um só instante. Onde comprar roupas de malha inteiriça, a não ser numa loja de artigos de balé? O pequeno Bruce é conduzido então a um ambiente equívoco, onde atrás de cortininhas — promessa, para muitos, dos veludos vermelhos e quentes do Municipal — haverá de provar a primeira e completa peça de sua fantasia de morcego. Haverá de ser preta, a malha — mas não: o interdito de um luto recente na família impedia de ser levada às últimas consequências a realização da fantasia carnavalesca.

Crianças tétricas, crianças lúgubres, crianças fúnebres, crianças das trevas, crianças que queiram voar como morcegos, crianças vampiras, crianças súditas da noite, ouçam bem este silvo em ultrassom: não há, não haverá, não pode haver lugar para vocês...

Veio a malha amarela; veio em seguida uma sunga azul pavão; fez-se de feltro cinza o emblema do morcego, costurado no peito, como uma palavra, um cartaz a indicar do que se tratava, afinal, aquela tentativa caseira de negar, aceitando-o, o desejo de ser um ínfimo Batman brincando de roda numa matinê. Falta a capa. Será de seda azul, matéria também do gorro desabado em máscara frouxa; e as orelhas pontudas de Batman, estas se traduzem em dois pequenos bicos repuxados e franzidos do mesmo tecido, como os nozinhos do naná que tantas crianças, mesmo já grandinhas, chupam na hora de dormir. Era a volta do efeito gibi, nas mínimas protuberâncias azuis de cianose que brotavam, balançantes, de minha testa obstinada. Eis, pronto para enfrentar seus inimigos no bailinho do clube, o Batman em pessoa, o meu Batman. Surgiram inimigos; sempre surgem, na forma dos meninos maiores, escarnecendo da contrafacção azul e amarela que entrava a passos curtos no salão em festa. Um soco decisivo, em pleno ar, desfez a ameaça; eficácia de pigmeus invectivando contra o céu de onde avião nenhum despenca; e a fantasia também se desfez, gastou-se com o tempo, no contato com os tacos do assoalho, onde havia prazer em deslizar de bruços, num voo ao rés do chão.

5

Eclipses. Ungaretti. Uma terceira hipótese. Limpadores de chaminés. Metamorfoses de Pinóquio. Tabuletas. O caso do coronel Merrick.

Eis que chega a noite, absoluta e súbita, num quadrinho único na página, cercado de outros em pleno dia. A silhueta de Donald surge em close contra um fundo roxo, a cartola de Patinhas se recorta entre pilhas de maços roxos de notas ainda verdes no quadrinho ao lado. Ninguém percebe a escuridão; a história prossegue normalmente; o *black-out* veio do nada, volta ao nada, do mesmo modo que num prédio de apartamentos à beira-mar — vigiado nas altas horas pelo binóculo do ginasiano — a luz se apaga num dos cômodos, mas em outro andar, em cima, embaixo, de todos os lados, ainda há sinais de vida, luz clara incidindo sobre uma mesa de jogo onde veranistas fumam, sombras de TV colorida na caverna de uma parede lívida, copas brancas, áreas de serviço onde as toalhas da família se penduram e dorme uma prancha de isopor. Na manhã seguinte, o pequeno surfista enfrentará, decidido, as ondas do mar, vendo a praia, já de longe, povoada de cabeças como moscas. A prancha não é entretanto de surfe, e "pequeno surfista" consta, aqui, como fórmula publicitária na embalagem de plástico logo jogada fora depois de comprado o trambolho branco — três modelos a escolher: "mirim", "planonda" e "isomar" — do qual ninguém, em tempo algum, se levantou: cumpre apenas boiar no meio da espuma, deitado, e com sorte parar atolado na areia, enquanto a pele da barriga e do peito se raspa e irrita no contato da matéria branca, quase tão leve como um travesseiro, travesseiro de penas de pato ou plumas de ganso, ou mesmo de espuma, capaz de levá-lo por tantas solitárias navegações na noite.

Outra noite nos ocupa aqui, a de Donald e seus sobrinhos, súbita no meio da página. Há, como sempre, duas hipóteses em jogo. A primeira é a transcendente: importa ao desenhista quebrar a monotonia do esquema de cores vigente na situação: uma aventura no deserto do Saara, tudo cor de creme, uma viagem pelo Amazonas, tudo cor de clorofila. Comparem-se as historinhas de Disney com um álbum de Tintim. Metido na floresta, o pequeno repórter fala sem parar, durante páginas e páginas homogêneas, cobertas de um unânime verde. Todos os quadrinhos têm o mesmo tamanho, seguem-se um após o outro numa ordem cartesiana e diligente. Não em Walt Disney: quadrinhos mudam de tamanho, a ordem da leitura por vezes se quebra em zigue-zagues (há flechinhas indicando para onde os olhos devem ir), e pela mesma razão, a da variedade visual, cabe cobrir de sombra os patos sem aviso.

Mas a hipótese real deve ser examinada. Pode acontecer, em qualquer parte do mundo, um escurecimento súbito das coisas, a que muitas vezes ninguém parece reagir. Elimine-se o fenômeno banal do eclipse, que imerecidamente atrai, ainda hoje, as atenções dos cidadãos, como se fossem os crédulos habitantes de Samoa ou da Terra do Fogo que nossos heróis não se cansam de civilizar. Mas em pleno século 20, em 1970 para sermos mais exatos, a transmissão da Copa do Mundo pela televisão conhecia estranhos obscurecimentos visuais. Uma faixa correspondente a um terço do campo de futebol desaparecia numa sombra espessa; o ponta-direita que recebesse a bola no meio de campo e fosse, obediente ao esquema tático, na direção da vasta arquibancada, por sua vez povoada de sombreros, desaparecia rapidamente no negrume; demorava até que algum diafragma interno do espectador ou do cinegrafista se adaptasse às novas condições; alguns torcedores, na sala de estar, se inquietavam; não seria melhor mexer no brilho ou no contraste? Não, daqui a pouco melhora, diziam os mais sábios, confiantes na brevidade daquele interregno de trevas. E o ponta-direita seguia, sem nada perceber, no seu invicto percurso. Tudo normal, em suma.

E por que não seria? O poeta Salvatore Quasimodo registra, sem espanto notável, que "cada um está só no coração da terra/

transpassado por um raio de sol:/e de repente é noite." Enquanto isso, seu colega Ungaretti fora trazido a conhecer o calor dos trópicos; ficou em São Paulo longos anos. No fim, não se sabia muito o que fazer com ele — e alguém teve a ideia de fazê-lo visitar um leprosário-modelo, gerido por beneméritos locais. Uma população disforme se aproximou para saudar o ilustre visitante; rostos amputados, faces leoninas, bocas bestiais sorriam para o poeta. Num ato de bom-humor e integridade indestrutíveis, Ungaretti não se rebaixou ao que fariam muitos santos em seu lugar; não quis dar-se ao luxo cósmico de beijar nenhum leproso, nem mesmo de cair, contrito, de joelhos a seus pés. Em seu talento peregrino, tomou a inciativa imitá-los, com caretas e grunhidos, como quem se comunica com gente de outra raça ou bicho de outra espécie. Talvez o contrário: alegrou-se de encontrar ali os parentes de algum compatriota, provavelmente o próprio Quasimodo. "Desperto-me banhado/ de caras coisas conhecidas/ surpreendido/ e aliviado", diz Ungaretti, com efeito, num poema; outros versos seus podem servir de conclusão a essa experiência: "obscureço-me no meu ninho".

Por que um pato não pode dizer o mesmo? Marginalmente, observe-se que em comparação com um passeio ao leprosário paulistano, a leitura de um livro intitulado "Contos Chatos" não é a alternativa mais insensata, tanto mais que não existem, ao que se sabe, leprosários em Patópolis. Que há para reclamar de "Contos Chatos", quando se sabe da presença na prateleira de uma biblioteca paulistana, nessa mesma época, isolado numa encadernação de marroquim roído, de um velho volume de Mauriac, "O Beijo ao Leproso", que se encosta em "O Ninho de Víboras", do mesmo autor, esperando que no próximo fim de semana levem Ungaretti ao Butantã? Maldita cidade, silva o poeta, enquanto num bico de pena, no frontispício, as pálpebras do grande Mauriac parecem pesadas de sono, e se recolhem num silêncio feito de parafina e de perdão.

Quasimodo, Mauriac: ilustres representantes de outro mundo que já conhecemos, o dos pigarros e bigodetos. Apresentam-se em fila ordenada, ano após ano, na coleção encadernada dos vencedores do Prêmio Nobel que, encostada na Barsa, e próxima da seleção dos clássicos do Reader's Digest, desafia o pequeno leitor que irá devorar a todos pouco a pouco, perfurando com seus olhinhos um túnel de leituras obscuras, que traçam madrugadas a fio nas páginas e páginas dos compêndios um caminho caprichoso de verme, uma câmera minúscula de eco onde se cruza um rumor de vozes rascantes, tabagistas, grasnando em gramofones que registraram para futuras bibliotecas seus testemunhos, em discos chatos de baquelite, empilhando-se negramente no eixo de seu exato orifício, ou que rangem, com penas de pato sobre o papel amarelecido como um bigode, suas noites de lusco-fusco, de caretas, de rabiscos e de lepra.

Abate-se então a treva sobre os patos e os poetas. Dos primeiros, pode-se dizer que não são de muitas luzes. Terrores imediatos e preocupações sem lógica haverão de agarrá-los em pleno dia. Esquecimentos, fúrias, melancolias, culpas e questões insolúveis travam seus passos num semicírculo de lobos. E aquela escuridão que de repente os toma talvez não tenha vindo de fora; é na verdade o miolo de piche, o avesso interno do boneco, puro betume em torno do qual se grudavam, a exemplo de antigas humilhações, trotes, punições às mulheres adúlteras e aos covardes em campo de batalha, no tempo dos Pais Fundadores, flocos de paina e penas de pato para assinalar o crime do infeliz, culpado de luxúria ou medo; culpado, apenas; é o estofo negro do pato que se abre num quadrinho.

Não é sempre que surge, eureca! a lâmpada de uma ideia salvadora na mente de Patinhas; e mesmo Pardal, o inventor que as possui em profusão, depende às vezes do socorro de um chapéu em forma de telhado, com uma chaminé por cima, onde fazem ninho três pássaros negros, que dormem a maior parte do tempo; quanto ao seu diáfano ajudante, Lampadinha, não foi jamais plugado à corrente elétrica, e passa por tudo numa mudez inútil de sombra.

Uma terceira ordem de hipóteses, todavia, deve ser apresentada aqui. Não será nem a real, nem a que quisemos chamar de transcendente; talvez o nome de hipótese mágica não lhe seja inadequado. Nasce, terceiro pássaro no ninho destas ruminações obscuras, da seguinte pergunta: e se a sombra que desce no quadrinho for proveniente de outra história?

Penso em Peter Pan, voando longe dali, desmemoriado e verde, enquanto sua sombra se infiltra na gaveta perfumada onde se aquietam as meias e camisolas de Wendy, dobradas com capricho e etiquetadas com a marca da família — "Darling" —, mas é hora de acordar, a sombra de Peter se espreguiça, paira entre os livrinhos, os álbuns, os gibis espalhados pelo chão, que ninguém ainda — todos dormem — ocupou-se em recolher depois das animadas leituras da véspera; a sombra pousa num quadrinho; não sabe ler. Deixa, entretanto, como negativo do pirlimpimpim que seu dono esparge como pólen sobre as crianças encantadas, uma borra de mariposa e medo, que impregna para sempre uma parte da historinha.

E não seria o Mancha Negra, que numa primeira aventura se descobre como ninguém menos que o Pateta sob efeito de uma droga hipnótica, outra coisa senão a sombra amaldiçoada de Peter Pan, pairando sobre uma Patópolis onde, no início, o sobrenatural inexistia? A hipótese transcendente toma a palavra, diante da superstição extrema que nos assalta: é possível que o Mancha Negra surja como inimigo mortal dos personagens Disney simplesmente pelo fato de que ao desenhista não há maior ameaça que um borrão de tinta.

Penso entretanto na transformação de Peter Pan na figura de um pequeno limpador de chaminé em "Mary Poppins", dançante sobre os telhados londrinos, de onde cairá uma neve negra até o chão; e é na calçada de um parque, afinal, que Dick van Dyke desenha com giz em technicolor os seus quadrinhos, nos quais, por milagre, é possível penetrar: lá se vão as crianças entregues aos cuidados de Mary Poppins, no rumo de uma campina de desenho animado, onde carrosséis cor de rosa e pinguins em duas dimensões vão contracenar com flores esquemáticas, regatos de aquarela, manhãs de paraíso e personagens de carne e osso. Um pouco de fuligem pode cair acidentalmente no quadrinho. Quanto aos limpadores de chaminés, penetrarão nas mesmas chaminés, atalhos ainda mais rápidos para chegarem pertinho do céu.

Entrementes, seguindo o caminho inverso, entra o Lobo Mau pela chaminé até cair no caldeirão fervente dos porquinhos; enquanto isso, refazendo de novo o trajeto ascensional, um gorila assassino enfia o cadáver de uma moça lareira adentro, num conto de Edgar Allan Poe[1]. Eis, afinal, um terceiro corvo de bigodeto sinistro pousado no telhado. E tudo se passa como num teatro de poucos recursos, onde a mesma estrutura de papelão, de fita-crepe e eucatex será usada

---

[1] "Os Crimes da Rua Morgue", primeiro dos "Contos de Terror, Mistério e Morte" que abriam o grosso e compacto volume das *Obras Completas de Edgar Allan Poe*, editado pela Aguilar em papel-bíblia, e resistente encadernação azul marinho, onde mais adiante irrompiam, como manchas disformes de tinta, vagos dentes de caveira, órbitas vazias, sombras de gato preto, homens cobertos de guizos emparedados no porão; caso caísse nas mãos de um pequeno leitor, como mais tarde aconteceria com *Aeroporto*, de Arthur Hailey, quantas lâmpadas acesas durante a noite, quantos pulsos acelerados e olheiras matinais não criavam, num lúgubre cortejo em fila na frente do colégio, a progênie secreta de Poe, saindo estremunhada de seus sepulcros cercados de pinheiros para a luz do sol e a primeira aula de Educação Física?

em muitas peças: uma história de Papai Noel, o conto dos Três Porquinhos, um musical feliz com crianças cobertas de fuligem, uma remontagem de "Papai Sabe-Tudo" — e em todas, a mesma falsa chaminé bate continência no seu posto: poço de Mélisande, torre de Rapunzel, guarita, foguete, prisão de Ugolino, balcão de Julieta, gávea de Cristóvão Colombo, praça avançada de vigilância no deserto de Negev. Suspiram e rangem as velhas peças do cenário: estamos todas aqui de novo. Antes pudessem imitar o bom corvo que dizia "nunca mais". Mas voltam sempre; eis o feitiço rogado pela bruxa da terceira hipótese.

Tome-se, por exemplo, o nariz de Pinóquio. Assim como, de acordo com a lenda, a cruz de Cristo foi feita com madeira remanescente da árvore do Paraíso, de onde saíram também, segundo alguns teólogos[2], as ripas da Arca de Noé, uma aplicação da terceira hipótese faria da substância de Pinóquio o resultado tardio de muitas transfigurações: que outro lenho poderia ter fornecido a matéria-prima de Gepeto, a não ser o que, em tempos mais arcaicos, crescera com velocidade assombrosa na história de João e o Pé de Feijão? E a vassoura indestrutível e laboriosa de Mickey, no "Aprendiz de Feiticeiro", não a arrancaram também do mesmo pinho?

Uma deprimente escassez de materiais rege a realidade de Patópolis. Só um modelo de roupa serve a cada pato. Mínima, a variedade de lustres, tapetes e cortinas, lãs e cobertores. Iguais,

---

[2] Cf. Pio Allegretti e Giocondo Cardinali, *La Bibbia dei Bambini.* Parma, 1955.

na aparência, todas as enceradeiras, televisões e máquinas de lavar. Um rigor soviético nos bazares, supermercados e armazéns. Nenhum produto tem marca. Será encontrado nas Lojas do Ramo. *C'est le triomphe complet et définitif du socialisme!* Assim rugiu um liberal ao saber do golpe do 18 Brumário. E, se na França revolucionária, segundo Marx, todos se empenhavam em usar o vestuário antigo, e recorriam à mesma cenografia de outras peças, Paris revivendo Roma, também isso se dá por escassez. Ruas se sucedem, em quadrinhos, repetindo as mesmas tabuletas. "Escola", "Açougue", "Cinema", "Restaurante". Na extensão quilométrica de uma perseguição na sala de estar de Tom e Jerry, o ritmo monótono da poltrona, da mesinha, do aparador, da poltrona, da mesinha, do aparador, atesta a falta de imaginação da dona de casa; verdade que, na hipótese real, é possível dizer que gato e rato estão apenas andando em círculos, é a mesma poltrona, e não dezenas delas sempre idênticas, que aparecem no desenho. Mas a escassez, de qualquer modo, preside os acontecimentos.

O tédio domina a cidade, portanto, e o livro de Donald só é chato, digamos, *après coup,* tendo sido a mão arbitrária e imperial de um desenhista a responsável por designar seus contos como tais. Ninguém teria interesse em procurar o aborrecimento numa sociedade tão igual, tão uniforme em suas poltronas, abajures e sofás feitos em série; já tinha o suficiente para enfadar-se por si mesmo. Seria o triunfo completo e definitivo da teoria do desenhista. Não fosse Patinhas.

Patinhas! Espírito vivo da contradição naquele ambiente de uniformidade social, tem sua fortuna a defender, sua fortuna a multiplicar, e, como arranca uma cédula de valor indistinto (apenas um cifrão está impresso nela) das mãos de um pagador renitente, também arrancará Donald de sua poltrona sempre que assim se fizer necessário. Trabalhos de importação na área de perucas, inovações de horticultura no terreno anexo à caixa-forte, o teste de novos dispositivos de segurança, expedições ao Himalaia. O conforto na leitura de um livro chato seria natural e desejável nesse quadro; de resto, e que igualdade de abajures, que socialismo de torradeiras elétricas, que ideal soviético de automóveis padronizados e patinetes para todo menino poderia ser coerente com a gigantesca fortuna concentrada na figura de um só homem, digo, de um só pato?

Sem dúvida, podemos avançar uma teoria capaz de dar conta da óbvia inconsistência econômica da sociedade em Patópolis. O cofre-forte, qualquer um serve — o velho Forte Knox nos tempos selvagens do padrão-ouro, por exemplo — no intuito de regular o fluxo da moeda corrente. Que mal haveria, podem perguntar as autoridades reunidas numa mesa envernizada de Banco Central, se um lunático pensa ser dono de todos os meios de pagamento que controlamos com mão-de-ferro? Do mesmo modo, Marx fala de um louco de Bedlam que se julgava escravo dos faraós. Não era; vivia em plena liberdade, como tantas vezes acontece.

Na sala de reuniões, a secretária, de nome Gladys, se aproxima do presidente do comitê financeiro central com uma pilha de planilhas e atestados médicos. Precisamente, mr. Morgan, estamos às voltas com o caso do chefe da segurança no Forte Knox. À beira da aposentadoria, o coronel Merrick emite sinais preocupantes para os observadores informados. Julga-se proprietário de todo o ouro que, durante décadas, guardou com integral dedicação. "Mais uma vítima da ilusão monetária", sorri com seus botões o jovem economista de Harvard. "Por que não o internam num hospício?", pergunta o assessor mais radical. "Já tentamos isso. O coronel atingiu a tiros dois enfermeiros. Acusa-os de estarem a serviço de Moscou."[3] Os olhos de Gladys percorrem com inocência a sala forrada de lambris de mogno. Um perfume impregna seus cabelos loiros, que um raio de sol matutino banha de reflexos e quilates. Arrisca, timidamente, uma pergunta. "Não haveria uma solução... *humana* para o caso do coronel Merrick?" Ninguém no QG do Federal Reserve conhece o segredo pungente: Gladys é a filha mais nova do coronel! O velho Morgan, presidente do Fed, é um pouco duro de ouvido. "Solução... *humana*?" Fica de pensar. Está atrasado para o almoço. Espera-o, para

---

[3] O recurso a instituições psiquiátricas como forma de repressão política na antiga URSS era do pleno conhecimento da inteligência norte-americana, já nessa época.

tratar de negócios, um bom amigo dos tempos da faculdade: o velho Walt, tipo imaginativo, que agora deu de desenhar cartuns para ganhar algum dinheiro. O futuro criador de Patópolis passa levemente o guardanapo de linho sobre os finos bigodes traçados a nanquim. Surge, entre goles de clarete, a solução para o bom coronel. Eureca! Basta providenciar-lhe uma cartola. Polainas também? Sim, essenciais à figura de um verdadeiro milionário. O robe curto de seda vermelha. O pincenê. O kit Patinhas é enviado imediatamente, em avião de uso exclusivo das Forças Armadas, para o Forte Knox. Disney jamais terá confessado, em suas memórias, a inspiração real de seu personagem. O coronel Merrick agora enverga diariamente seu novo uniforme, e só o abandona para adotar o maiô inteiriço e listado, comum naquela época distante, com que se banhar nas profundezas do ouro acumulado. Baldes de cédulas sem uso afofam a superfície da piscina. Ele ignora que a fortuna não lhe pertence. Acompanha com atenção intermitente as cotações da bolsa, que lhe vêm de um aparelho telegráfico guardado por uma límpida redoma; tudo, em sua mente, é também claro como o cristal. Também Patinhas se esbalda em seu leito delirante de dólares, inconsciente da engenhosa farsa. A racionalidade básica do modelo vigente não deixa de ser preservada dessa forma; refrigeradores e carros de quatro portas se produzem em linha ininterrupta para o modesto consumo de todos; apesar do cofre-forte, e graças a ele, a ordem e a justiça social estão asseguradas nas ruas planificadas, limpas e legíveis de Patópolis.

Menos para Donald. O tio não lhe dá descanso. Muito menos dinheiro ou elogios. Não raro, Patinhas se desespera diante das demonstrações de imprevidência, de azar ou de desleixo que Donald, como um nababo jogando moedas para os habitantes da cidade no banco de trás de um conversível, prodigaliza sem cessar. Broncas e recriminações se sucedem. Uma, em especial, merece ser lembrada aqui. Patinhas agarra Donald pela gola de marinheiro; sacode-o, pisoteia o chão, e resume sua opinião sobre o herdeiro presuntivo. "Donald! Asa negra a agourar a minha vida!" Eis, de novo, a noite, seus pássaros, seus morcegos; mas, sabemos, será breve. A fortuna de Patinhas não corre perigo; ele não a possui.

6

Cornelius van Pato. Sem um níquel! O bolo chiffon. Sete matizes do vermelho. Guichês.

O risco de falência, entretanto, não deve ser menosprezado. Esta surge, radical, empenhadas as roupas do corpo, na barrica dotada de suspensórios com que antigos milionários se apresentam, de uma hora para outra, à caridade pública; o que sobrou de uma cartola, aberta como uma lata de conservas, ficará de pé sobre a calçada limpa de Patópolis, e mais de um cachorro obeso, polainas puídas, colete de flanela rota, espera que algumas poucas moedas caiam em seu auxílio, como ossos jogados de uma mesa aos dentes de seu irmão real. Cai também, no assoalho do escritório central do magnata, onde escavações se improvisaram para acomodar as últimas desgraças da estatística, a linha dos lucros no gráfico grudado como um papel pega-moscas na parede, à qual dá as costas a figura insone do falido; ou será ele próprio a cair, em meio à precipitação de investidores que, como num quadro de Magritte, sucede-se em chuva fúnebre ao acúmulo de nuvens negras no mercado, e traça riscos perpendiculares nas vidraças, que são como quadrinhos, dos edifícios de Wall Street. Dentro de uma campânula de cristal, como uma queijeira a despertar apetites de rato, o aparelho telegráfico não deixa de informar, para mais ninguém contudo, as oscilações abissais de preço, as onças-troy em retirada, os bushels de trigo em baixa, as ações ao portador jogadas pelo ar, os debêntures cessantes das praças de todo o mundo.

Patinhas sabe do que se trata, ou imagina. Numa historinha, sua rivalidade com um marajá indiano chega a raspar do piso da caixa-forte as últimas moedas. O potentado surgira em Patópolis petulante; dizia ser o mais rico do mundo; áulicos de cara fechada, numa limusine, jogavam níqueis aos punhados para a festa de uma população colonizada. Bom momento para que, numa rara aparição, o prefeito da cidade, acompanhado do secretário da Cultura e do administrador dos parques e monumentos do município, encaminhem-se em comitiva solene à suíte do visitante, no melhor hotel de Patópolis. Trazem ao Hotel uma reivindicação longamente acalentada pelos citadinos. Urge — e tarda até demais — erigir uma estátua celebrando a memória de Cornelius van Pato, o fundador batavo da cidade. Dos grossos sapatos de fivela ao chapéu em forma de cone truncado, o monumento de rude granito calvinista consome ao ser construído pouco mais que o "argent de poche" do marajá do Miseristão. A rivalidade começa; Patinhas manda construírem outro Cornelius, bem maior. O marajá reage, e dobra o tamanho da estátua anterior. As apostas são frenéticas; imaginem-se Borba Gatos em sequência insatisfeita e triunfante, e as finanças de Patinhas diminuindo passo a passo com as reservas de seu rival. Eis que uma imensa estátua de ouro com olhos de esmeralda romperá o plácido skyline patopolitano; não se trata mais do Pato Fundador: é uma estátua do próprio marajá, eclipsando os diversos modelos de Cornelius que, como babushkas, um após o outro se enfileiravam diante dos olhos já cansados da população. Prefeito e assessor se preocupam: a contenda não tem fim. O marajá se excede; o que virá depois? Uma imensa cartola de platina cravejada de brilhantes se desvela então, num gesto dramático, desnudada da lona batismal que a recobria, e irrompe compacta como um cogumelo no gramado atônito do Parque. Só uma cartola? Faltava o resto. O dinheiro de Patinhas, conclui-se, não lhe fora suficiente para construir o seu próprio colosso. Ficara apenas, da aventura, como em toda falência, uma ridícula cartola sobre o chão. Engano: atrás de uma árvore, Donald aciona a alavanca secreta, e um ídolo descomunal irrompe do solo com a velocidade do pé-de-feijão, levando às alturas a cartola solitária. O boneco Patinhas, escondido no subsolo até a raiz dos cabelos, sai dela como um coelho invertido que fosse o mágico de si mesmo, e é agora oferecido integralmente, olhos de safira e bico de 24 quilates, aos patos que abrem os seus. Patinhas vence mais uma vez. O marajá, repentinamente descalço, metido na barrica, vai então visitar seu contendor. Em meio à tristeza de sua condição, um hausto de ar; constata o vazio da caixa-forte de Patinhas. Falência. Outra alavanca é acionada, todavia; e sob o piso falso e liso do andar térreo da fortaleza, andares e mais andares subterrâneos de dinheiro atestam o lastro real das extravagâncias de Patinhas. Um subsolo inesgotável de moedas sustentava a estátua que eclodiu pronta do subterrâneo do Parque; assim faliu, sem companhia, o marajá do Miseristão.

A súbita gastança de Patinhas resta inexplicada; mais sentido fez a competição oposta, com um terrível primo escocês, que tinha como o nosso personagem o hábito de colher do chão as menores felpas de lã, agregando-as num enorme novelo; perseguindo, de pontos opostos do convés de um transatlântico, o mesmo fio, as duas testas milionárias colidem com violência; mas esta é outra história.

Passemos à verdadeira. Aquela que, abandonadas as páginas do *Aeroporto*, de Arthur Hailey, levam agora o ginasiano a outras altitudes, ou profundezas, como diria Patinhas; sim, na sequência dos livros proibidos na biblioteca, espreita um ou outro clássico da subversão: uma edição resumida do *Capital*, de Marx, a *História da Riqueza do Homem*, de Leo Huberman, *A História das Lutas Sociais*, de Max Beer, histórias, histórias, capazes de fazer arregalar os olhos de uma avó, enquanto o avô continua adormecido em sua poltrona favorita. Comunismo? Sabe o que é o comunismo? O que significa? *O Significado Contemporâneo do Desafio Comunista*: mais um volume pronto para encontrar seu caminho na Biblioteca Infantil Patinhas, uma vez que a resposta não exige nenhuma bibliografia. Pois sabemos bem: "Comunismo", decreta a avó indignada, "significa que ficamos todos sem um níquel!"

Sem um níquel! Quando, na verdade, é apenas um níquel o que conta: a moeda número 1 de Tio Patinhas, dotada, no correr do tempo, de poderes mágicos. Não mais assistimos à faina operária dos Metralha, tentando dragar com carrinhos de mão e tratores mecanizados os vastos rios de ouro que jorram da caixa-forte. O símbolo monetário se reduz à sua essência portátil de fetiche. Nova inimiga surge no ar, Maga Patalógica, e concentra seu interesse na moeda da sorte, o único tesouro, o exclusivo grão do seu desejo, o amuleto.

Mais uma palavra incômoda, amuleto: pertence à família ansiosa do adjutório, do paliativo, do placebo, do talismã, do escapulário, do sambenito. A obsessividade, ainda aqui, tende ao diminuto, à figurinha que falta na coleção, ao precioso centavo, ao condensado, ao sintético, ao comprimido poder que se esconde num gibi. O mundo diluvial e copioso dos Metralha, seus assaltos primitivos à mão armada, suas limusines e algarismos de presídio, corresponde à fase infantil da delinquência — chocalhos e doces que se arrancam das mãos do coleguinha, empurrões em tanques de areia, malcriações, línguas de fora, caminhõezinhos de metal que se estatelam e revistinhas que se desfolham em fúria contra a parede do quarto de castigo. Nasce agora, feminina, em seu tubinho preto e cabelos chanel, a imagem contida e refinada do Mal: vagos feitiços, estratagemas sempre repetidos, no objetivo de destituir de Patinhas o atributo essencial de seu poder. Economizam-se, sem dúvida, os velhos esforços de logística: não mais reforços e subterrâneos na caixa-forte, fim da Biblioteca Infantil Patinhas, seus bonecos e volumes[1]. Apenas uma, a moedinha, terá de ser, apenas ela, protegida, círculo mágico, guardada numa redoma de cristal inviolável, jamais tocada por mãos humanas, desde o longínquo dia em que, primeira paga de um serviço de engraxate, Patinhas amealhou-a para nunca mais largar.

Assim, num vestiário de ginásio, cada aluno tem seu pequeno armário de metal, guarnecido de chave e cadeado, onde guardará seu uniforme de educação física e demais apetrechos esportivos. Será neste momento, ao trocar de roupa, que se dará a revelação: grudado no fundilho da calça, o pedido infame — "xute-me" — esclarecerá, tarde demais contudo, o motivo das chacotas e galhofas que o perseguiam, numa nuvem de moscas, numa sinfonia de cacarejos reprimidos, durante toda aquela manhã abafada de verão.

---

[1] Do mesmo modo, a moderna teoria considera mais importante a credibilidade de determinado agente econômico do que a sua posse efetiva de meios conversíveis de pagamento, ou do que o montante de seu patrimônio líquido. A esse respeito, ver "Métodos de alavancagem — um manual para iniciantes", publicação do Fundo Mutual de Futuros, instituição financeira dedicada ao pequeno investidor, a cargo de Sue Wrightman, economista-júnior do Banco de Palm Springs.

Antes usasse, em vez da calça, a barrica atada a suspensórios do magnata indiano em derrocada. Lembrança aliás reproduzida no logotipo de uma conhecida marca de roupas infantis da época, preferida de 9 entre 10 mães conscienciosas de média: a Modas Petistil, cujas etiquetas e anúncios mostravam o menino escondendo as dobras de gordura num barril, barril de petiz, suficiente para cobrir seu pequeno pistilo; cabe pensar mesmo num "efeito Petistil", a bermudinha roxa combinando com a sandália franciscana, encanto da pedofilia reprimida das tias, às quais se oferece não mais que a bochecha pimpolha, a boca num beijo em champinhom, o sorriso da criança que sabe do que se trata; mas do que se trata? Trata-se de saber que é preciso fingir que se é feliz, mas feliz só como quem é feliz e não sabia. Caso contrário, a etiqueta estampa a ameaça: em vez da bermuda, a barrica.

O efeito Petistil, predominante nos meninos, tem sua contraparte no belo sexo: seria o efeito Coppertone, a menina supreendida na bundinha branca, o cão travesso arrancando a parte de baixo do biquíni amarrado em laço frouxo. É verão. É hora de desgrudar da roupa a mensagem do vexame, vestir o uniforme de educação física, trancar no armário a memória de mais um dia, girando com cuidado a chave minúscula no cadeado — que será inoxidável, como também, segundo acusação frequente, o próprio traseiro daqueles a quem, chamados de cus de ferro, costuma-se aplicar o golpe moral definitivo do durex, que não se arranca facilmente. O cadeado, além de inoxidável, traz do fabricante a garantia suplementar: "produto niquelado"; objeto resistente a metralhas de todo tipo, com efeito; em geral da marca Pado. Nome curioso, como o dos móveis Cimo, cuja origem se oculta nos anais infrequentados do serviço de Marcas e Patentes: Produtos de Aço Doméstico, numa hipótese; acrônimo de Pato Donald, em especulação menos confiável.

Donald, empresário? Já o vimos entregue ao comércio internacional de perucas de kanekalon; sua posição como fabricante de cadeados parece, entretanto, improvável — ainda que pudesse dar origem a alguma história desastrosa em que Patinhas contratasse os seus serviços. Donald foi entretanto — disso me lembro — dono de confeitaria por uns tempos. Recebe encomendas para festas, casamentos e batizados. Uma ave pretensiosa e pernalta aproxima-se do balcão: quer, para aquela mesma tarde, um bolo chiffon alto e fofo. Donald se indigna: "Que metida! Todos sabem que um bolo chiffon é sempre alto e fofo!" A ave mal escuta o comentário, vai embora rebolando penas fofas no seu andar de salto alto, e deixa Donald em seus apuros; ele folheia um grosso livro encadernado de receitas: "mas o que é um bolo chiffon?" Pouco importa; sabemos perfeitamente que será alto e fofo. Sua confecção, também sabemos, terminará mal. Os bolos em Patópolis achatam-se ao primeiro sinal de que alguém se aproxima do forno, do mesmo modo que avalanches se abatem sobre patos alpinistas, esmagando-os ao primeiro espirro, ao primeiro assobio, à primeira exclamação de espanto diante das neves eternas do Mont Blanc, outra obra-prima de confeitaria, feita de açúcar cândi e fios de ovos como veios de sol vespertino numa Suíça de chocolate branco e contas invioláveis de banco, onde não caberia, entretanto, a menor migalha da riqueza de Patinhas.

Sem um níquel. Cumpre dar sotaque escocês ao termo — nickel! — e imaginar a moeda da sorte de Patinhas dotada de asas curtas, voando para longe, como alguns anos depois voaria, aliás, sem comunismo nem Suíça, sem aeroporto muito menos, rumo ao nada, a fortuna de toda uma família: falência fiscal do Estado, segunda crise do petróleo, concorrência externa, endividamento galopante, as causas são múltiplas. Mas ainda estamos na década de 70, a vitória de Marx não tardaria, ainda que os que faziam fila no aeroporto não tivessem tempo de esperar.

Tampouco se dispõem a esperar os sobrinhos afoitos diante das tortas de Vovó Donalda, dos bolos de Minnie, do famoso chiffon armado naquele dia de pouca sorte: a promessa vale mais que a realidade, é preciso chegar perto do forno, tocar a massa, bem de leve, com as próprias mãos; a resposta vem na forma básica da recusa, o achatamento. Embatumou, solou, desinchou-se num colapso de fermento, num sibilar de pneu murcho, o que seria o bolo alto e fofo, repimpado de cremes, cerejas e guirlandas. Não, não será desta vez que a promessa de satisfação garantida, impressa na embalagem de papel da confeitaria ("ou seu dinheiro de volta") poderá ser cumprida pelo pato e seus sobrinhos.

Leve-se o bolo, seja como for: convites irrespondidos ao cinema, encontros adiados muitas vezes, caixas de bombons em forma de coração, como as que Margarida despreza quando é Donald quem as oferece.

O dinheiro não veio de volta. Voejam, em torno da debacle, como fitas coloridas de um presente vazio, como serpentinas de uma partitura inexistente, como a banda magnética de um gravador de rolo cujo motor se trava, e que será vendido a preço ínfimo numa daquelas sessões de "família que se muda vende tudo", as palavras encadeadas de um discurso desenxabido mas não totalmente entregue ao desespero: "Amigos, não será desta vez que as forças populares, ainda em seu refluxo, resgatarão de um momentâneo opróbrio o seu passado de lutas e conquistas". Assim pensa, na fila do aeroporto, o irmão mais velho, o tio mais moço, o primo subversivo, a ovelha negra da família do Alto de Pinheiros; parte, em plena ditadura, para a França, o México, o Marrocos, destinos de gibi.

Lembrança de outro adesivo, ao qual se apunha uma automática piada. Depois do sucesso de "Brasil, ame-o ou deixe-o" (e neste "deixe-o" há algo do "xute-me"), frase afixada na traseira de Galaxies e de Fuscas, plástico grudado em vidraças e mochilas; alguém criou a réplica famosa: "o último que sair apague a luz do aeroporto". Mas ninguém apagava luz nenhuma em definitivo; falham, no máximo, lâmpadas e sóis de um quadrinho a outro.

Ou se apagam mais cedo as luzes, como passou a acontecer naquele palacete em Pinheiros, à beira da falência. Cumpria à família levantar nova rodada de crédito bancário para a empresa sufocada; do sufoco — pescoço branco de pato sofrendo nas manoplas de um brutamontes canino — nada, entretanto, poderia transparecer ao público em geral. Organiza-se uma festa. A aparência de prosperidade, o descaso com os famosos níqueis do conforto, do luxo e do desperdício, tinha de ostentar-se diante dos convidados, exigente plateia de possíveis sócios, financiadores certos, capitalistas interessados num negócio cheio de perspectivas, cof, ainda que passando por temporário, grakkh, constrangimento de caixa. Legiões de mordomos postaram-se com baixelas de prata: cachorros de orelhas pendentes que se confundem com as suíças, a papada que se derrama sobre o peitilho da libré, enquanto o uísque derramado brilhava entre cubos de gelo nos incontáveis copos, que do andar de cima, espiados pelo ginasiano, iluminados pelas arandelas de opalina, assumiam a aparência reduzida, dourada e redonda de esparsos níqueis. Um bolo chiffon coroava — este o pretexto da festa — as bodas de prata do casal à beira da falência; o avô se refestelava em sua poltrona preferida, bebendo a zoeira dos convidados, aparentemente sem saber de nada, com certeza sem querer saber de mais nada, enquanto, rígida nas joias de outros tempos, olhos de safira perscrutando com dureza o ambiente, bico fino a ciscar indícios da catástrofe, uma vovó nada disposta a ser Donalda — abominava granjas, sítios, estradas de terra, serviçais matutos e patetas — postava-se num canto, sobre um caixote imaginário, daqueles que no Hyde Park, em Londres, garantem a liberdade de expressão a todo súdito da Rainha, de onde lançava novas invectivas contra a ameaça comunista.

Sem um níquel! Seu pulso frágil treme em medalhinhas enquanto apresenta, ao neto arrepiado, o livro-amuleto, o manual fulminante, o libelo anticomunista que varrerá, para debaixo do tapete de crochê que circunda a poltrona de leitura, todos os Capitais do mundo. "Já leu isto"? Tratava-se de um importante lançamento da Biblioteca Cultural do Exército, livro anunciado de vez em quando na televisão, entre um comercial do Fino da Fossa e a última propaganda das Cadernetas de Poupança Haspa — um homem que dançava *Singing in the Rain* enquanto choviam moedinhas de prata do céu do estúdio. Haspa: mais um nome a ser decifrado em chave mágica, que nos faz reluzir, quem sabe, a sigla profética de Hipotecas Asseguradas Patinhas, espargindo lucros fáceis como caspa no céu enfarruscado da noite.

"Já leu isto?" O livreto vibrava no ar como um chinelo de borracha. Tinha na capa plastificada um título tributário do espírito de sistema presente na alma militar, mas também da sutileza a que convém aspirar no tratamento dos assuntos de natureza intelectual: "Os Sete Matizes do Vermelho". Escrito por um general reformado do Exército, seu sucesso provocou uma sequela, ou recidiva, como se dizia na época; assim como um sarampo não imuniza ninguém de catapora, o general escreveu logo em seguida "Os Sete Matizes do Rosa". Do mesmo modo, uma importante autoridade militar da época tinha o hábito de invectivar não apenas os comunistas, mas também os filocomunistas, os criptocomunistas, os paracomunistas, os pseudocomunistas, os protocomunistas, os eurocomunistas, os democomunistas e assim por diante, numa profusão de prefixos que já era, por assim dizer, uma espécie de riqueza e uma genealogia milionária.

Depois dos "Cinco Mil Dedos do dr. T.", dos "Nove Milhões de Guitarras", das "mil suaves sinfonias", dos "Dez Dias que Abalaram o Mundo", por que não, pensa o adolescente, "Os Sete Matizes do Vermelho"? Que o livro seja lido. Se for ruim, tanto melhor; o raciocínio já é nosso conhecido, e o que funciona para Donald funciona igualmente para nós.

Por que, entretanto, tão poucos matizes, sete apenas? Uma visita ao quarto da empregada, no momento em que esta se dá ao lazer de pintar as unhas do pé, adverte-nos da existência de variantes incontáveis de vermelho e rosa, catalogadas com método no placar portátil que, nas farmácias, anuncia os produtos Colorama, os Esmaltes Risqué, a linha Impala de novidades para o toucador. Vermelho Chama, Vermelho Sangue,

Vermelho Tentação. Cereja, Capri, Goiaba. Rosa Bambina, Rosa Boneca, Rosa Pétala. Devaneio, Apelo, Cetim. Flamenco, Rumba, Coral. Quartzo, Cigana, Carmim. Há matizes bastantes para ocupar mais de um general, enquanto as inocentes filhas do povo pintam as unhas com capricho.

Estranho luxo de esmaltes nos dedos dos pés, que certa vez me pareceu contraditório com a constante batalha de uma antiga costureira da família para obter judicialmente a pensão de viuvez. Por vinte anos, vivera com um homem de posses, industrial quem sabe, casado com outra, com certeza. Sem nenhum papel que comprovasse a vida em comum, era-lhe negada a aposentadoria do finado — do falecido; o Código Civil vigente na época, de pezinho em edição de bolso, cor de sangue coagulado, remanescente dos tempos de Clóvis Bevilacqua, não tinha liberalidades com amásias, amantes, *femmes entretenues* e outros espécimes do gênero. De fila em fila, a costureira — pequenina e risonha como uma fada madrinha que, em retrospecto, procurava comprovar-se como a Cinderela de si mesma — deu-se com a exigência de providenciar um atestado de pobreza.

Atestado de pobreza! Passado em cartório, com o concurso de duas testemunhas, o documento seria o passaporte para não sei que facilidades judiciais. Mas como, pensa a cabeça ginasiana, haverá de obter atestado de pobreza quem tem dinheiro para comprar esmalte de unhas? Ahém, ahém, observa o professor

Ludovico, mesmo os indígenas, na mais extrema austeridade neolítica, recorrem a pinturas corporais. Tatuagens passeiam, como filigranas e marcas d' água das cédulas impressas por Thomas de La Rue & Co., pela epiderme nua de um polinésio; mas quem lerá tantos códigos, quem decifrará esses enfeites, quem sabe o que sinalizam essas cinco manchas vermelhas de tamanho decrescente em cada uma das extremidades inferiores e coriáceas do pequeno duende de saias que espera seu atendimento no guichê?

Guichê, carnê, crochê, laquê, pincenê, bidê, cupê, clichê, empalha-se todo um mundo de velhotas perdidas e viúvas secas nessas terminações caducas, calhambeques de vovó Donalda a caminho de Patópolis, entre engasgos e soluços de gasolina e pó. Gansolino, ao volante, ouve mais uma vez a recomendação: que dirija com cuidado. Os ovos de granja, acondicionados em cestas de vime para futuro consumo de Patinhas, podem quebrar-se ao menor solavanco. Avancemos, mas com máximo cuidado: nossa carga é frágil, e ovos, como o dinheiro, não costumam cair do céu.

7

Presuntos. O Cisne de Tuonela. Onomatopeias. Congestionamentos. O Diário de Bedrock. Nádia Comaneci.

Causa até embaraço, tal a obviedade de suas incoerências, o tema da alimentação em Patópolis. Emblema da mesa farta, o frango assado não inspira entre os patos nenhuma repugnância moral; ovos fritos se consomem no café da manhã do professor Ludovico, luminar do departamento ovíparo; bifes não acarretam desmaios na vaca Clarabela, sanduíches de patê podem ser encontrados na merenda de Gansolino; um ou outro porco ocasional não vê canibalismo nem genocídio nas salsichas.

Num antigo desenho do Lobo Mau e dos Três Porquinhos, a feliz casa de tijolos em que os irmãos celebram a vitória traz nas paredes retratos dos familiares: "vovô" é representado por uma peça de presunto; "vovó", uma fieira de salsichas. Impossível, novamente, que Heitor, Cícero e Prático tivessem concordado em pendurar tais quadros ali. O apetite do desenhista, que usou como pincel o seu próprio rabo de lobo, terá introduzido esse elemento na decoração, que certamente os três porquinhos não são capazes de ver. O quadro está ali "para nós": mas que criança haverá de alegrar-se com a alusão, e considerar feliz o final da história que lhe contam? A menos que, sabendo do caminho que toma toda a carne, humana ou quase, os sábios porquinhos admitam, como final digno e memorável, sua transformação póstuma em mercadoria útil, coisa preferível à morte prematura e brutal entre os dentes de um lobo vulgar. Consagram o avô-presunto num cartaz, do mesmo modo que tantas famílias americanas, em casas de tijolinhos também, preservam sobre a lareira a foto do filho querido, imolado no Vietnã. Em tempos mais antigos, de resto, era comum tirar o retrato da criança já defunta, em seu caixãozinho cercado de rosas e coberto de um véu. É que, presumo, o hábito de tirar fotografias não estava tão plenamente consolidado, de modo que a menina nunca tivera ocasião de ser retratada em vida; fique da morta, portanto, uma recordação; e da infância embalsamada, sua permanência num quadrinho.

A imagem de um suíno sorridente enfeita o caminhão de uma distribuidora de pertences para feijoada. Vacas derramam olhares de ternura no rótulo do leite que lhes roubam. Espigas de milho festejam com sorrisos de todos os dentes sua transformação em pasta de pamonha. No frontispício das grades de Auschwitz, igual senso de humor inscreveu o lema em letras de ferro: "Arbeit macht frei", "o trabalho liberta". Na propaganda, todo massacre é feliz.

Muitas vezes, contudo, a refeição patopolense não é desenhada com tanta explicitude canibal. Existe uma espécie de massa amarela, como um vago omelete[1], ou miojo "avant la lettre", que responde genericamente pelo termo "comida" no prato que Donald põe no colo, diante da TV, sentado em sua poltrona preferida. Permitem-se fatias de bolo e taças de sorvete. Espigas de milho são comuníssimas.

Diríamos que somente estas são o alimento real dos habitantes de Patópolis. A comida amarela, indecifrável, seria por assim dizer o alimento transcendente: massa abstrata do milho, infantil quirera de fubá, eis o signo puro da Refeição, desenhado por um artista externo à cena, preguiçoso de inventar coisa melhor. Ou, quem sabe, foi eufemístico no seu próprio horror moral, o qual gostaria de ver nos patos, diante de tantas aves e ovos consumidos.

Tudo fica ainda mais grave quando se pensa que Pluto, um cachorro, não é do mesmo tipo de cachorro que Pateta ou o Coronel Cintra; e não é impossível que Donald, visitando um zoológico ou uma reserva florestal, encontre marrecos e patos selvagens absolutamente alheios à sua condição de bípede pensante.

Se em Patópolis, como em qualquer outra cidade, está em pleno vigor a separação entre animais e seres humanos, seria forçoso concluir

[1] "Homem de frágeis omeletes", Carlos Drummond Andrade confessou hesitar, em certo almoço na casa de Cândido Portinari, diante da enorme massa amarela e vermelha de uma macarronada coletiva oferecida a companheiros do partido.

que Donald não é propriamente um pato, nem Mickey, um rato, nem Pateta, um cachorro.

São humanos como quaisquer outros de nós, apenas travestidos em animais. Não é impossível, aliás, imaginar em que tipo de bicho se transformariam nossos amigos, nossos parentes, o caixa do banco, o condutor do ônibus, o apresentador de um programa de TV. O rosto pendurado de um velho tio, mostrando o avesso prepucial e cor-de-rosa da pele das pálpebras inferiores, era digno de um sabujo; certo esgar de pescoço pelado numa parente avermelhada tornava-a um passável peru de Natal; priminhos recém-nascidos, cobertos de lã branca, eram coelhos convincentes.

Eis que surge a voz de Sartre, coaxando de um café em Saint--Germain des Près: "o homem é uma paixão inútil". Ecoa, como de um sapo calvo em lagoa próxima, a voz de Foucault: "o homem é uma invenção recente": espécie de dobra no discurso, rosto na areia que se desvanece ao contato do mar. Mas que mar? O da História? O da Linguagem? O da Revolução? O da Estrutura? Em qualquer deles naufragamos — para reaparecer, pois tudo é raso, no próximo quadrinho.

O menino que se olha no espelho sabe perfeitamente disso. Ele próprio é invenção recente, terá de tornar-se homem alguma vez. Seu rosto se desvanece em vidro a cada dia; os estilhaços se recompõem depois de cada noite atônita e destruída, voltam intactos ao que sempre foram, como num desenho animado.

Mas as criações da Disney não lhe fornecem nenhum modelo. Ser Donald, ser Mickey, ser Patinhas? Disso se encarregarão os outros.

Cabe-lhe o papel de Batman — misto de homem e morcego —, ou o de um Peter Parker transformado em ágil aracnídeo. Ei-lo às voltas com Pinguim, com a Mulher-Gato, com o Charada, paixões inúteis. Para humanizar-se, o menino segue todas as transições da escala evolutiva: de aranha a morcego, daí a super-homem, eis o minúsculo Zaratustra entoando seus acordes de "2001: Uma Odisseia no Espaço" para uma plateia inexistente.

A música de Richard Strauss não era das mais prestigiadas nos discos, ciosamente guardados em compartimentos especiais da radiovitrola naquela casa do Alto de Pinheiros, dos "Clássicos do Reader's Digest". O brutal compositor germânico, talvez "moderno" demais na sua música excessivamente gordurosa e condimentada, espécie de sarapatel orquestral capaz de intimidar os mais infrenes apetites das valquírias, aparecia num dos últimos LPs da coleção, ao lado de Sibelius. Deste, o pequeno melômano conheceria o "Cisne de Tuonela", música que se arrepiava em tremolos invernais de violinos, soltando penas confusas pelo ambiente, guerra de travesseiros entre o maestro e a orquestra, desesperados na chatice de uma noite informe de nevasca, divertimento branco e exaustivo, monotonia maquinal propícia a deslizes agudíssimos de violinos, pruridos súbitos nas flautas, suspiros, não de saciedade, no pizzicato das violas, sem destino à vista, intricamento de fiordes como lençóis amarfanhados. De Richard Strauss, as tonalidades mais quentes da "Dança dos Sete Véus" davam conta do recado.

Depois dos "Sete Matizes do Vermelho", os sete véus da dança expunham proibições inéditas, menos racionais. Tudo termina, como se sabe, com a degola de São João Batista, na hedionda ópera "Salomé".

"Cortem-lhe a cabeça!", gritava também a Rainha de Copas na história de Alice. Mais um caso de transmigração, como a da árvore do Paraíso na arca de Noé, e desta ao lenho em que foi afixado Jesus Cristo. "Juxta Crucem", esse era o lema do seu Colégio no alto de Pinheiros, que erraria quem traduzisse: "Justa Cruz". Nenhuma cruz é justa. O certo seria "Perto da Cruz", "Junto à Cruz": assim a Mãe Dolorosa acompanhou o calvário de seu Filho. Paixões inúteis.

Há, entretanto, uma falha na hipótese que traçávamos aqui. Suponha-se que Pateta, Mickey, Patinhas, sejam na verdade meros seres humanos, sobre os quais o desenhista simplesmente carregou um pouco suas opiniões pessoais (tal banqueiro humano, conhecido pelo uso das polainas e do pincenê, possui de fato algo de amarelado nos dentes, certa brancura de penas nas suíças, uma boca larga e quadrada como um bico de sapato velho, a voz rachada nos sobressaltos da fortuna, certo andar instável de pato rente ao chão). Nesse caso, como entender o fato de que, por vezes, nas histórias da Disney irrompam seres humanos reais, contracenando com aves e mamíferos?

Verdade que costumam habitar a periferia de Patópolis. O eremita Urtigão, bacamarte em punho, barba branca de décadas, não corresponde a animal nenhum; o nariz arredondado não é, com toda certeza, bico nem focinho. O mesmo nariz está presente em Madame Min, que foi trazida de uma lenda puramente humana — Merlin, o jovem rei Arthur — para aliar-se a uma pata feiticeira na destruição da fortuna de Patinhas.

Um terceiro personagem, bem mais raro, atende pelo nome de doutor Penaforte, sendo uma espécie de neurocientista, bigodes brancos debaixo do nariz normal, cabeça pigmeia e calva, empenhado em transformar Pateta num (será possível?) "novo homem". Mede-lhe, inicialmente, o potencial craniano através de um dispositivo simples, no estilo de uma balança, de um termômetro, aplicado a um mínimo calombo craniano: o resultado, próximo de zero, não o inibe. Logo veremos Pateta metido num terno azul bastante elegante, chapéu combinando, novas responsabilidades a seu encargo.

Também o ginasiano terá o dia de vestir seu primeiro paletó, acompanhar o pai numa visita ao escritório no centro da cidade, cortar o cabelo no barbeiro que há décadas está a serviço dos mais velhos da família; um drinque, talvez, quando chega a "happy-hour": ei-lo que já é um homenzinho.

Quantos homenzinhos, de repente, ele não reconhece como seus iguais, transitando pela calçada, passos lépidos, felpas longínquas de preocupação e sonho, vistas do alto do Anhangabaú, da vidraça do prédio, das janelas do táxi. Um congestionamento enorme se arma na hora de voltar para casa. Um motorista perde a paciência; sai do carro para ver o que acontece. Nessa hora a fila de carros avança um pouco; os que estão atrás do cidadão desesperado buzinam com insistência; sentindo-se culpado, o homem investe aos palavrões contra a plateia, como se fosse um calouro inconformado ao ser expulso do palco; chacrinhas irrompem suas buzinas em todos os tons; a tarde cai sobre Patópolis numa algazarra de honks, fuóóns, rrheeeus, kwaks, bonks, roares: não há dúvida, estamos em Patópolis; em Bedrock na melhor das hipóteses.

Quantas onomatopeias neste mundo! Há as de primeiro grau, que acabamos de reproduzir aqui: "fonk", para uma buzina, "honk", para as buzinas dos gansos, "quack", para a voz dos patos no trânsito. As de segundo grau adotam o vocabulário do idioma oficial: para tossir, o verbo inglês "to cough" oferece o clássico "cof, cof"; nessa categoria se incluem os "munch", os "whack", os "slam". Mas se todo verbo é assim redutível à sua forma estática e ativa de onomatopeia, o tradutor pode perfeitamente ser literal, e em vez de "cóf, cóf", inserir seu "tóss, tóss", no quadrinho.

Abre-se um imenso mundo verbal. O "sob, sob", do inglês será traduzido como "soluç, soluç". O ato de mergulhar se resume num "mergulh". O espanto sentido por um personagem qualquer pode ser expresso mudamente: "espant" O fato de sentir-se abandonado se resume numa legenda invisível: "abandon" Quem quiser fazer literatura a partir disso se cristaliza em igual interjeição: "literár".

Olho para meu pai. Sentado, como eu, no banco de trás do táxi, ele ignora os fatos rotineiros. Seu olhar nada me diz. Ei-lo cercado de uma aura de silêncio como todo pai. Paternidad. Silenç. Mas Patópolis grita à minha volta. Impregna-me a certeza de que a cidade dos patos é mais inteligível do que esta que partilho com ele.

Chegarei também eu em casa, num final de tarde, o jornal de pedra na mão esquerda, a mão direita usando para afagar o animal doméstico que pretende me derrubar com suas patas de lagarto afetivo, gritando festivamente o nome de Wilma enquanto o apetite de leão mal se contém diante da fumaça das panelas, que com dedos de fada me puxam pelo nariz, me enleiam com danças de Salomé, até o vasto T-Bone de brontossauro preparado para mim.

Melhor o silêncio, sem dúvida; a leitura impenetrável do Diário de Bedrock, uma única laje de pedra cheia de inscrições, como se fosse o túmulo de um dia. Manchet. Epitaf. Homens, durante as férias de verão, costumavam dormir com o jornal sobre o rosto, à falta daqueles sombreros que escondem quase integralmente os mexicanos que Mickey e Patinhas por vezes interpelam, em suas viagens ao sul. Protegidos do sol, acordam de repente: já é súbito noite; o véu das muitas manchetes e cadernos, notícias financeiras, suplemento feminino, seção de imóveis, retira-se do rosto daquele banhista, que ressuscita de seu mergulho; fosse um defunto, páginas e páginas de jornal cobririam seu corpo inteiro. Ele acorda; ainda tem a cabeça no lugar. O sol, "pescoço degolado" segundo os versos de Apollinaire, já esvaíra todo o sangue do crepúsculo. Um dos retratos do poeta, desenhado em poucos traços de tinta preta por Picasso, mostra-o com uma bandagem no alto da cabeça: ferimento de guerra, crânio trepanado, bobina de caligramas e hieroglifos em volta da testa, a ser desenrolada, como as pautas musicais que evolam dos gramofones e barcaças musicais do Mississipi quando patos singram seus danúbios, quais cisnes brancos em noites de lua, onde a estrela d'alva no céu desponta.

Desinteressado dessas valsas e marchas de rancho, o ginasiano se aproxima dos últimos encartes dos "Clássicos Reader's Digest", dedicados à música adulta, aos sons proibidos da "Sagração da Primavera" e da "Dança dos Sete Véus". Sacrifício de virgens; rituais animalescos; ritmos insistentes. Eis a reedição, orquestrada com mãos de mestre, das antigas emoções obtidas com a leitura de "Aeroporto". Richard Strauss, como bom Arthur Hailey, levará o rompimento dos véus e calcinhas ordinárias ao ápice de "mil suaves sinfonias". Mas o que poderia pensar um adolescente sensato, mal a agulha encosta nos sulcos do LP? Aquela música tem algo do Gato Félix, nas suas insinuações de clarineta; poderia ser o prefixo da "Pantera Cor-de-Rosa"; acompanharia sem choque algum baile caipira frequentado pelo Pica-Pau. Eis o pássaro, aliás, que pousa em sua memória: um desenho animado fazia-o travestir-se em mulher provocante, abacaxis no lugar dos seios, melancias recheando o vestido inteiriço de baile, fazendo com que os olhos de um caçador matuto, chapelão, bigode e carabina, saltassem túrgidos fora das órbitas. Tenta agarrar a deusa acetinada; o Pica-Pau foge do abraço, deixando-o a beijar apenas um desconjuntado edifício de frutas e legumes, o abacaxi tornado em rosto repleto de espinhas.

Tristes tentativas; os ribombos da música se extinguem tolamente. Melhor, mil vezes melhor, o tédio de Tuonela, seu cisne, que talvez também tenha sido um pato na infância. Foi no inverno, com efeito, quando as águas de um lago já não mais refletiam nada, que uma revoada de cisnes advertiu o patinho feio de sua nova e gloriosa condição de adulto, jovem adulto, adolescente talvez. O humilhado exemplar temporão da espécie não se via no espelho há várias semanas; ignorava as transformações do próprio corpo. O disquinho que contava a história — um compacto de plástico transparente azul — terminava com um grande coral de júbilo no galinheiro: a mãe desnaturada (ou seria desnaturado o próprio filho putativo?) prosternava-se diante do rapaz a quem rejeitara quando bebê; o peru, oportunista e bajulador, espécie de Polônio frente ao pequeno Hamlet palmípede, sente-se honrado com a visita de um "cisne rial" (o sotaque do locutor era português), e o bom patinho não guarda rancores de sua expulsão, não traz mágoas do seu exílio. A voz ainda impúbere do herói pronuncia palavras de perdão: "O que passou, passou!"

Difícil obedecer neste caso, diga-se entre parênteses, a regra que proíbe separar com vírgula o sujeito do predicado. Eis um caso, o do patinho feio, em que precisamente o sujeito se separou do predicado: o que passou, passou.

Mas só nos contos de fadas. Pois nada passa. Nada se passa, e por isso mesmo Donald não larga as páginas tediosas de seu livro inesquecível, o livro, afinal, de sua vida: Contos Chatos. Não há mágicas nem princesas ali.

A tentativa de fugir à chatice continua a ser contudo tão forte quanto a tentação de mergulhar nela, e isso também vale no plano gastronômico. Nauseado de sua dieta inespecífica e amarela — purês, omeletes, ovos mexidos, cremes de milho, papas, mingaus, quireras, comidas —, Donald certa vez quis levar os sobrinhos ao Melhor Restaurante da Cidade. Preços exorbitantes; uma impositiva Sugestão do Chef: rãs.

Donald se irrita com a pretensão daquele lugar — garçons rebarbativos, perdigueiros de bigodinho aparado —, esmaga no ar uma mosca imaginária entre as páginas do pesado cardápio, grande volume com capa de couro marrom, e anuncia aos sobrinhos sua decisão, sem dúvida sensata à primeira vista.

Rãs! Para que pagar tanto, se podemos caçá-las em qualquer lagoa aqui perto? Vem logo a tabuleta amarela no quadrinho seguinte. "E assim..."

Mágicas palavras, instantânea conversão do intelecto ao ato, mostrando o automóvel amarelo de Donald seguindo as curvas de uma estradinha bucólica nos arredores de Patópolis. A lagoa, com suas rãs dando sopa, logo se revela traiçoeira. Impossível pegar numa rede o mais tolo dos sapos. As pretensões, a gabolice e o otimismo de Donald crescem nessas primeiras decepções venéreas. Ora, são rãzinhas à toa... praticamente sem valor, sem carne comestível, miniaturas insatisfatórias da Grande Rã que, por incrível que pareça, existe, escondendo-se sob majestosa vitória-régia desenhada no centro das águas plácidas da lagoa. "É essa, é essa", grasna Donald, segurando com força o cabo da sua rede nabokoviana de caçador de borboletas. A Grande Rã, que ninguém se iluda, será capaz de saltos descomunais, anfíbia quase voadora, perereca acrobática, espécie de Nádia Comaneci a arrebatar medalhas de ouro mais pesadas do que ela mesma, nas olimpíadas brejeiras da luta pela própria vida; espécie de Valentina Tereshkova do pântano, rápida como a cosmonauta russa na conquista das alturas inacessíveis aos nossos corpos de patos de curto voo, mas pronta na decolagem a derrubar em humilhação e lama o mais intrépido dos palmípedes.

Estranho que nem Donald nem seus sobrinhos se lembrem de pertencer, originalmente, ao mesmo meio aquático, ao mesmo viveiro biológico das rãs que tanto perseguem; mantêm-se à margem da lagoa, agitando-se em torno dela, como sempre, em vão. Donald não nada. Os sobrinhos, pensando de forma menos direta que seu obstinado tio, produzem uma isca especial para a adversária: um grande besouro, condensação de todas as moscas que giravam tanto, ainda há pouco, no ar pesado daquele dia de verão.

Mais do que isso. Descobrem na super-rã algo superior ao fugaz destino de alimento: será fonte de renda. Pois na cidade se dava, naqueles dias, uma competição célebre, na qual seria concedido ao vencedor um prêmio polpudo em dinheiro sonante. Era o tradicional campeonato de saltos de rãs amestradas de Patópolis. Os três pequenos gigolôs treinam a promissora candidata; vencem trapaças de um rival; ganham dinheiro bastante para voltar ao restaurante francês do início, e ordenar ao garçom, agora submisso como um réptil, porções pantagruélicas do prato desejado. Mas um instinto de humanidade surgiu depois de toda a peripécia: comer uma rã, animal amigo e companheiro? Dada a afeição nascida depois de tão suado e merecido êxito esportivo, seria antiético, desleal, repugnante. Saem do restaurante pela segunda vez; não verão nunca mais aqueles veludos vermelhos de bergères curvilíneas, aquele ambiente de champanhes e respeito falsificado aos caprichos dos clientes, os perfumes corruptos que exalam da porta da cozinha em vaivém. Dirigem-se virtuosamente à lanchonete mais próxima, onde um cachorro imundo, barba por fazer, irá de trazer-lhes o modesto hot dog a que estão acostumados. Algum tédio nisso, sem dúvida: repetição do mesmo alimento, típico de festinhas de aniversário, de passeios a parques de diversão, de lanches caseiros nas tardes de domingo. Mas o tédio tem suas compensações morais, sua modéstia, sua santidade até.

Voltam à lanchonete como o patinho feio ao lago onde nasceu. "A sadder and wiser man", assim o Velho Marinheiro de Coleridge se vê, interrompendo um cortejo de casamento, contando sua história ao primeiro passante; não podia ser de outro modo, tantas as aventuras e horrores que viveu, tendo cometido o ato culpado, não se sabe bem por quê, de matar com uma flechada o albatroz, ave de bom agouro aos navegantes.

Donald, velho marinheiro, conhece algo dos segredos da profissão. Enfrenta, como o personagem do poema de Coleridge, a visita das calmarias, onde o navio parece pintado sobre um oceano pintado também; conhece igualmente a visita tétrica da Morte em Vida, olhar incandescente de megera, última habitante de um navio-fantasma; o mar fosforescente de onde emergem sereias translúcidas, envoltas de algas e de enguias, como se fossem estas as partituras de seus viscosos cantos. Sobrevive a tudo — e agora passa os seus dias contando aos incautos sua história, sempre a mesma história, como um penitente, ave repetitiva e agourenta; abreviemos a descrição. Trata-se de um grande chato.

Transformado em cisne adolescente, o patinho feio se dá por contente em ser acolhido pela sua família real, sem viver mais o desprezo da mãe que o adotara, inocente. Ao mesmo tempo, eis um conto de fadas que não acaba em casamento. O casamento do Patinho Feio — história que ainda ninguém teve disposição para narrar.

8

Bistrôs. Pobrezas de Luluzinha. Dezembro de 1966. Cardeais. O Instituto Universal Brasileiro. Viagem em balão. O estado de sempre.

Entremos todavia, passo a passo, nos primeiros restaurantes de luxo que a um ginasiano aconteceu de frequentar. Abre-se uma porta de vidro. Sons cálidos de acordeon inundam o ambiente, cozinhando os fregueses num caldo de bouillabaisses; a voz de Jacqueline François engrossa a mistura em fogo brando, o creme-caramelo de Charles Trenet responde num vaivém de mar. Sim, o restaurante atesta que estamos em Paris.

Ou é o gongo imaginário que aquieta a família inteira, aterrorizada um pouco diante do que lhe reserva o grande restaurante de Pequim: ninhos de andorinha, patos laqueados, ovos negros de cem anos. O silêncio se impõe: tudo é chinês. A água é chinesa, chineses serão os guardanapos, os tapetes, os ventiladores; a própria luz é chinesa, ziguezagueando em mesuras que se penduram entre biombos vermelhos e dragões dourados. Cada coisa é sua própria legenda de cinema mudo, dizendo: *Pequim. Um jantar significativo.* Ou melhor, numa história em quadrinhos: *Em Pequim... Chegando a Pequim... Enquanto isso, em Pequim...*

Pequim! Naquele cenário fomos inseridos. E torna-se legítimo perguntar: existe a Pequim real? Não seria muito melhor do que a hipótese que temos aqui. Qualquer restaurante de Paris será mais imperfeito do que este, no qual só toca música francesa, e de cujo cardápio jamais constarão raviolis nem feijões. Um restaurante português nos entope daqueles milhões de guitarras, fados que não cessam, sardinhas em cardume; eis, amigos, o Vesúvio, fumegando lasanhas inextinguíveis, macarrões a retorcer-se em tarantelas. Um touro nos recebe, de olhos fixos: maître empalhado, paella paralítica, múmia de Madri. Tudo se fecha, nenhum "pequeno detalhe" foi esquecido pelo dono do lugar. Não há objetos neutros, não há uma toalha de mesa que seja simples Toalha de Mesa (mas existem Toalhas de Mesa?): num coral de homenzinhos e mulherzinhas vestidos de verde e vermelho, a toalha entoará em ordem e alegria o hino austríaco, ou repetirá em bordados de csárdas saltitantes o desespero da velha Budapeste.

Provém dos "nervos esfrangalhados de um cigano", dizia entre pigarros o velho professor Lukács, a dura música de Bartók: os óculos de massa preta, os dedos amarelos de nicotina, o sobrecenho carregado de certezas do marxista húngaro nos levam de volta ao dourado crepúsculo de Oxford. Óculos de massa preta, sobrecenho carregado de teoria, ou coisa que o valha, eis outro avatar de um nosso conhecido personagem, o professor Ludovico, que se encarna no sarcasmo severo, quase opaco — coisa de titio decrépito, olhando entre as pálpebras caídas o decair do mundo — do professor Isaiah Berlin, farejando como um sabujo qualquer indício totalitário: seriam totalitários[1] os restaurantes franceses em São Paulo? Tudo indica que sim: Charles Trenet, seus cassoulets, as reproduções desbotadas de Monet, a subserviência grisalha do sommelier, propondo merlots e cabernets.

Eis a proeza, só aparentemente inatingível, da Coerência. Nas histórias de Luluzinha, acontecia também esse fenômeno — denominemo-lo o da Totalidade do Sentido. Em certas ocasiões, Luluzinha se imaginava pobre: a miséria roía sua roupinha vermelha, onde já se contavam remendos de outra cor; não apenas os seus sapatos eram furados, mas também eram furados os sapatos do mordomo; em petição de miséria se encontrava a limusine; em andrajos, a empregada da casa fazia a faxina.

Miséria, falência: uma novela da época mostrava a saga da família Bonelli. Mãe inquebrantável, filhos de valor, fábrica fechada. Acostumam-se como podem, nossos personagens, à vida de privações. O primogênito, agora office boy no centro imundo da cidade, conta

---

[1] O mundo político, segundo Berlin, dividia-se entre raposas e porcos-espinhos. Ele próprio acreditava-se uma raposa, sem chegar nem mesmo a ter sido porco-espinho.

com raros minutos para o almoço. A pastelaria está cheia de gente. Quanto esforço, quanto sacrifício, quantas cotoveladas até que adquire o seu precioso pastel, acompanhado, é claro, de caldo de cana, porque do mesmo modo que a calcinha tem de ser de algodão ordinário, sem caldo de cana não há graça nenhuma. Eis então que, numa última cotovelada do destino, um freguês mais afoito desequilibra o jovem Bonelli e, desgraça! o pastel cai no chão. O pequeno espectador está prestes a ter o coração partido; sabe que não se pega um pastel do chão para comer, e que portanto a fome, nada mais que a fome, será a recompensa do office boy pelo trabalho daquele dia.

Qual não foi o choque do pequeno espectador quando, mais tarde, num piquenique na praia, uma bandeja de croquetes inteirinha rolou pela areia, e na barraca ao lado um francês, bem disposto e melhor alimentado, não teve dúvidas em recolher todos os croquetes, limpando-os rapidamente da areia que os cobria, ingerindo-os com sorrisos em seguida.

"Eis um povo que sabe o que é a guerra", filosofou um adulto na ocasião. Manhas, fricotes, portanto, os do jovem Bonelli com seu pastel. Mas a novela prosseguia, e a propósito de um aniversário ou vitória na Justiça — os processos da família Bonelli corriam a caminho de restituir-lhes a fortuna final — eis que a matriarca da família resolve comemorar com todos num restaurante. Sim, mas terá de ser um restaurante pobre. Ou melhor: um restaurante de pobre. Sentam-se à mesa, perguntam ao garçom — que é pobre também — o que há no cardápio; o cardápio lhes é apresentado, não tem encadernação de couro, é uma página encardida encapada em plástico, pobre a mais não poder. O "plat de résistance", aquilo que o mestre-cuca oferece aos frequentadores do restaurante está inscrito em letras azuis, borradas, de mimeógrafo: "Comercial".

Mas o que é um "Comercial"? Arroz, feijão, bife e salada? Que seja, diz madame Bonelli, aprendendo tarde as coisas da vida. Voltarão para casa, satisfeitos, onde à espera da família estará a fiel empregada, que aceita trabalhar sem remuneração; a leite de pato; pobre entre pobres. Como nas fantasias mais lúgubres da Luluzinha, o Mundo-Mendigo se estendia, com dedos de conhecimento e sombra, a todas as classes sociais daquele mínimo círculo doméstico.

A vara de condão da miséria, como a vara de condão de Paris ou Budapeste, transformava tudo na mesma coisa — do mesmo modo que, na Idade da Pedra, serão de pedra os sofás, as televisões, os jornais e os livros (mas não há livros) no lar dos Flintstones. Não deixava ser intrigante que as roupas, estas fossem de pele de tigre, ao passo que nas poltronas, que poderiam ser igualmente de pele, imperava a pura pedra. Mas talvez não fossem de pedra: a pedra estava desenhada ali como uma espécie de material indistinto, mero objeto cênico, sem causar desconforto real a Fred quando se sentasse ali.

Ei-lo que pega para ler o jornal de Bedrock. As notícias de sempre. O mundo não progride, a ignorância domina o nosso século, mas atenção! Anuncia-se um concurso; o melhor jogador de boliche da cidade terá direito a um fim de semana em Paris. Fred e Wilma são os felizes ganhadores: depois de atribulada viagem num avião de pedra, encontrarão no aeroporto de pedra um chofer de táxi de bigodinho, chamado evidentemente Pierre, que num carro de pedra irá levá-los a uma Torre Eiffel de pedra. Comerão baguetes de pedra em pratos de pedra, croquetes de pedra em balcões de pedra, sopas de pedra, pagando a conta com moedas de pedra. Mas, inconscientes de que tudo aquilo é pedra, desfrutam das delícias de Paris.

E são assim as Batcavernas, onde tudo, dos talheres às cortinas, das poltronas à escova de dentes, estará recortado em arcadas negras de morcego; no covil do Pinguim, o tema palmípede se repete sem cessar, afirmando a identidade do vilão. Seus crimes não se escondem; a camuflagem se transforma em assinatura, o disfarce equivale à confissão. Assim, em Patópolis, não contentes em usar o uniforme do presídio e a máscara negra, cuidadosamente presa com um fino elástico ao brutal cachaço canino, os Irmãos Metralha correm pelas ruas, depois do assalto, carregando como um embrulho de caramelos o saco de dinheiro onde se estampa o universal signo de um cifrão. As identidades, nesse mundo, são tudo menos secretas.

Mas será mesmo assim? Estava de fato escrito o cifrão naquele saco? Ou se trata de mais uma adição posterior, a lápis preto, sobre o tecido cru e sem sentido do mundo real patopolense?

Uma coisa é certa: Walt Disney pendurava, no céu azul de abril de seus gibis, como uma bandeirinha branca de papel, a sua própria assinatura, legível como a de Margarida, impecável como a do Camundongo Mickey nos dias em que, bom cdf, esquentava os bancos escolares.

Eis que, num dia terrível de 1966 — "era um frio dezembro" —, o pequeno leitor das revistinhas se depara com a notícia. Walt Disney morreu, Walt Disney está morto. Não lê a informação nos jornais do dia. Sabe do fato por meio de um quadrinho histórico, inserido às pressas na diagramação — parem as rotativas! — do último gibi. O my God!, uiva a secretária, cadela esbelta de salto alto, no gabinete particular do último pavimento da Disney Incorporated. Providenciem um modo delicado de dar a notícia à petizada.

Como se fosse numa lápide, eis então na página central da revistinha a imagem, fiel ao retratado, do próprio Disney: sorriso triste de despedida abrindo levemente, como uma asa breve de graúna, o ângulo do seu bigodinho circunflexo. Ao seu redor, um grupo heterogêneo se comprime: Mickey, Donald, os Sobrinhos, Pateta e, quem sabe, um esparso Metralha estão de luto: cada qual derrama a sua lágrima para o bom e velho Walt.

Mas o leitor se pergunta: se estão ali, chorando a morte de Disney, quem então os desenhou? Poderia ser, mas sabemos que as coisas não são assim, que Disney tivesse projetado, sabendo da morte próxima, seu próprio mausoléu, comovido e simples, não em pedra, mas na linguagem que lhe era cara ao coração; um quadrinho, e nada mais.

Ei-lo emparedado nas próprias páginas, como o gato preto de Poe, ou aquela outra vítima de "O Barril de Amontillado", descendo nas caves mais profundas à procura de um licor mais precioso que o elixir da juventude, balançando pateticamente os guizos de clown antes de se ver num beco sem saída, e depois cerrado para sempre atrás de impenetrável pilha de tijolos e argamassa; Aída e Radamés sofrem o mesmo destino, nos Clássicos do Reader's Digest, enquanto se desfazem em gorjeios e trinados, calda de açúcar que se cristaliza pouco a pouco, e se abafa nas lajes do histórico sepulcro, decorado inteiramente com figurinhas de perfil, homens de cabeça de gavião, jacarés falantes, sábias serpentes, contando suas historietas obscuras aos egiptólogos de Oxford.

Liguemos ainda uma vez a televisão da meia-noite, e um velho filme de terror nos transporta à Nova Inglaterra: uma multidão puritana, vestida como Cornelius van Pato, ele próprio, afinal, transformado em pedra pura das melhores cantarias do Vermont, reúne-se para um propósito sinistro e punitivo. Eis uma mulher devassa: amarrem seu pescoço a uma pesada porta de igreja, carvalho sem entalhes, que não havia espaço para as artes decorativas naquele estilo colonial. Deitem-na agora sobre o chão inculto. Barriga para cima, ou melhor, a tábua em cima da barriga. Despejam-se aos poucos pedras e mais pedras sobre a porta: dali a feiticeira não sairá mais. Morta por esmagamento paulatino, sua vingança chegará: os anos se passam, e ela assombrará novamente o povoado, esgueirando-se por frestas e corredores com a languidez esbelta dos fantasmas[2]. Portas sobre o peito, lá está, numa rua qualquer de Patópolis, o homem-sanduíche propagandeando as novidades do momento. Perucas a preço barato. Livros de ocasião. Leia. Pense. Compro Ouro. Entre duas tábuas, como lombadas de volume chato, um ser humano se espreme, cara comprida de longo tédio e desemprego sabujo, curto prazo e longo prazo, crédito e tristeza nas ruas de Patópolis. Cruza com o milionário da barrica; eis Rabicó, pensa o Visconde de Sabugosa, lembrando de Sancho e dom Quixote. Títulos e subtítulos; originais e traduções, papéis e duplicatas.

Do mesmo modo, numa fotografia clássica de Paul Strand, uma velha cega aparece de frente, portando no peito a insígnia de metal autorizada pela Prefeitura: "Cega", "Blind". A foto adquire de graça sua própria legenda, assim como a velha nada mais é do que diz ser.

---

[2] "Os pássaros povoam com seu espectro a profecia das noites", é o que diz, gravemente, o poeta Saint-John Perse, encarando o leitor numa triste gravata borboleta, boca franzida e seca de bigodete triste também.

E ninguém é mais do que diz ser. Felicidade dos rótulos encontrados: a assinatura de Walt Disney prosseguirá, no canto inferior dos seus quadrinhos, indiferente às lágrimas que seus filhos derramaram. O quanto de comédia, na simples expressão "derramar uma lágrima", afinal existe? Haveria um reservatório, como um filtro na copa de cada alma, da qual se abastecesse, gota a gota, o copo do qual depois, na ocasião azada, coubesse verter, derrubar, pingar, como homenagem de pinguço aos ínferos santos da terra, "uma lágrima"? Ei-la então. "Una furtiva lacrima", enunciará por meio de canoros bicos, circundados de batom, o tenor que nada sente; serve-se o "Lachrima Christi" na Ceia dos Cardeais, o cardeal francês, interpretado por Sérgio Viotti num antigo teleteatro da TV Cultura, modula seus lábios sibaritas no relato de suas amorosas aventuras; o espanhol, Raul Cortez, ameaça a golpes imaginários de espadim o bom andamento da companhia de luz e força de Saragoça. "Mas como é diferente o amor em Portugal". Natural que por essas bandas seja mais fácil às lágrimas que fluam.

Que fluam menos, portanto. Eis então um clérigo ainda esganiçado, cujo nascente bigodeto mal sustenta seus primeiros voos na púrpura do crepúsculo. Segue a linha francesa; arrisca algumas sutilezas de restaurante fino, abandonando a sentimental Lisboa em favor de uma Paris cosmopolita, e convida a cortesã adolescente para jantar num restaurante caro.

A legenda atesta, antes de aparecer-lhe o rosto: *Uma bela jovem.* Corte para o jovem pássaro. *Momentos de expectativa.* Ela surge cercada de perfumes; seu andar flutua como Mozart nas notas superiores da pauta. Entremos num bistrô furtivo, aveludado, grávido de pretensões. Havia velas no lugar. Ela confessa as dores da solidão. *"Sinto-me só!"* O conviva assente, num silêncio de crocodilo. Súbito, falta a luz. A projeção do filme se interrompe, e a noite cobriu como uma laje aqueles dois corpos virgens.

Nada mais acontece, é claro. A escuridão se desfaz; voltaremos ao mesmo cinema, ao mesmo restaurante, bicando a massa de ovos mexidos, insossa e insubstancial como as coisas que se comem nos sonhos. Apetites que se consomem e despedem na pura circunstância, amor que se desfaz ou cumpre num acidente absurdo e cego.

Mickey, seduzido pelos perfumes de um bolo cor-de-rosa de morango, bate à janela de Minnie. Tira da cabeça um ridículo chapéu palheta, imagem da frágil galanteria camundonga. Oferece-se para limpar o jardim de sua amada, sem saber que logo perto se armava um terrível furacão, um tornado, melhor dizendo, que não deixará pedra sobre pedra nos canteiros da caprichosa rata. Eis a masculinidade que se aliena em pura força da natureza. Extinta a tempestade, Mickey tira o chapeuzinho em pedido de desculpas pelo estrago de que não foi responsável. Minnie não tem a generosidade do perdão. Atira-lhe na cara o bolo que acabara de fazer. A cobertura rosa escorre pelo focinho do camundongo, que a lambe, e retira disso o prazer adocicado da derrota.

Vire-se esta página sentimental. E o que encontramos em seguida será o encarte, sim, o triunfal encarte do Instituto Universal Brasileiro.

Um homem pobre de bigode atesta, num retrato 3x 4, o quanto sua vida melhorou. Fez o curso de perfumista por correspondência. Outros cursos se oferecem: desenho industrial, corte e costura, contabilidade básica, quadrinista. Quantas carreiras não se abrem ao herdeiro masculino do clã Bonelli, atribulado na busca de um futuro digno na vida?

Entretanto, essa palavra — futuro — inexiste nas histórias em quadrinhos. Tudo está sempre no mesmo lugar, a Caixa-Forte de Patinhas e o Instituto Universal Brasileiro, no seu eterno presente. Difícil então dar nosso adeus a Walt Disney, pai confiante na posteridade industrial de suas criaturas. Continuam os Metralhas em sua faina, prossegue Donald nos fracassos de sua paixão por Margarida, se é que era paixão o que havia entre os dois. Mantêm-se os sobrinhos na sua vida edificante e escoteira, não foram abandonadas as experiências de Pardal, e Patinhas não ficou mais pobre em um só níquel. Sim, amigos, a vida continua; a morte de um criador nada significa, e se lágrimas foram derramadas, eram apenas traços riscados no papel.

Patinhas não morrerá. Donald está condenado à mesma roupa de marinheiro. Mickey será de Minnie o eterno noivo. A infância, bem ou mal, é eterna.

E o livro de Donald — Contos Chatos — será reaberto mais uma vez. É próprio da chatice não ter fim; dura mais que a carne falível de Disney, e branqueja num vazio de penas de pato e páginas empilhadas de papel sua existência extensa, uniforme e silenciosa de biblioteca circunscrita.

Mas — não nos esqueçamos — um par de moscas perturbava a cena da leitura.

Seriam moscas de verdade? Meros pontinhos reticentes no ar descolorido e vacante daquela sala protegida de surpresas, "flocos negros caídos de um eclipse"[3], eis que a história, ou a historieta, abre novas perspectivas ao irritado proprietário do volume, cuja capa dura já se prontificava a servir como arma mortífera à negra dupla que voejava ao seu redor.

Nem moscas, nem besouros: vencidos os primeiros mal-entendidos, as dificuldades naturais de comunicação entre A e B, revela-se que Donald estava sendo visitado por duas minúsculas naves espaciais, capazes de trazer-lhe todos os avanços e confortos tecnológicos de que necessitava sem saber.

Que tal, por exemplo — eis o que propõem os alienígenas a um espantado Donald —, um dispositivo capaz de reduzir os riscos da obesidade? Donald baixa os olhos para a circunferência branca e nua que repousa abaixo

---

[3] Anne-Lou Steininger. *La maladie d'être mouche*. Paris: Gallimard, 1996.

da roupa de marinheiro. Comer o que bem entendesse? Pastéis de nata, um bolo chiffon, ovos mexidos, tortas de vovó Donalda? Sem ganhar peso? Donald aceita — assim reza a historinha de que me lembro — o pacto faustiano.

Obesidade! O tema irrompe raramente da poltrona donaldiana. Com tantas correrias, não consta que o cuidado estético fosse prioritário em Patópolis. Mas era, nessa historieta. De resto, projetos adequados a Gansolino não deixaram de ser adotados por outros personagens dos gibis. Ursulina, por exemplo, recebe a visita de uma raposa sequíssima e provecta, que se incumbe de arranjar-lhe um noivo. Boas maneiras e cuidados com a silhueta são indispensáveis na provinciana aldeia onde Mabel e Quincas tocam sem interferência externa a sua vida. Eis a pobre Ursulina diante de um minúsculo biscoito, sequilho, sem dúvida, tirado de uma lata onde se lê: "Biscoitos", e que não será permitido engolir de uma bocada; a moça terá de mordiscá-lo aos poucos, avançando os dentinhos da frente em semicírculo. Adeus, framboesas e colmeias, merendas e pães de mel. O pior virá em seguida: pular corda com vigor, ao ritmo implacável das palmas da raposa, que naturalmente se entope de guloseimas enquanto isso.

Ou então será Peninha, este sim habitual leitor de livros, especialmente os de autoajuda, que trará a Donald novidades de todo tipo: como empregar melhor o próprio tempo, como obter um físico atlético, como obter sucesso com as mulheres, como enriquecer em vinte dias.

Para Donald, como aliás para todo mundo, os programas de Peninha não dão em nada; melhor acreditar nos alienígenas microscópicos. O pedido simples — "perder peso" — não foi, contudo, plenamente compreendido.

Ei-lo, nos quadrinhos seguintes, libertado da lei da gravidade: não está mais magro. Simplesmente flutua como um balão, mais redondo do que nunca, e desespera-se. Sonhos de esbelteza, perfeições físicas, aspirações de cdf, em que seria legítimo querer isso de um pato? O ensinamento é ministrado sem apelação. Donald estará entregue, digamos, à insustentável leveza de seu ser.

O romance, aliás, fez sucesso na década de 80. Misturava-se com a ideia de que "tudo que é sólido desaparece no ar", e nessa balança oscilavam leitores ávidos de modernidade e dos prazeres, de resto nada novos, do desencanto.

Não nos compete esse tipo de literatura[4]. Depois da morte de Walt Disney, francamente, os problemas de um intelectual sexualmente bem resolvido na Tchecoslováquia, as nostalgias modernas de um nova-iorquino descolado, não nos dizem respeito no momento. Mais imediato é o problema de Donald, tentando recuperar seu peso original, conquistar por fim a gravidade das coisas, da qual carece: onde, com efeito, encontrar algo de peso, algo de real, algo de simples, algo de puro e de direto, nesse universo

---

[4] Tampouco interessa rever Marcello Mastroianni, agarrado a um balão nas cenas iniciais de "Oito e Meio", sem outros motivos além de um tráfego congestionado.

feito de grasnidos e cabeças que se batem sem ferimentos nos muros e vitrines, feito de surpresas tolas e ameaças rotineiras, de hábitos comuns e de legendas sempre repetidas?

Lá de cima, ele contempla num plano geral a paisagem de Patópolis: ruas, casas, prédios, um cofre-forte, os parques; aos poucos, desaparecem as estátuas desses parques, os mendigos dessas ruas, as chaminés dessas casas, os hidrantes vermelhos ao lado dos quais invariavelmente os carros estacionam e são multados; cachorros-guardas, cachorros-ladrões, patos cientistas, camundongos espertos e perdigueiros sem luzes vão-se tornando indistintos na distância; da perspectiva do desenhista, agora à disposição pânica de Donald, os maiores edifícios da cidade se achatam num movimento de ascensão sem fim. Patópolis já não é mais que um mapa, com arruados cinzentos, uma mancha qualquer de cidade à sua vista, que poderia ser Paris, Cairo, Troia ou Nagasáqui, à disposição do inquérito de arqueólogos presentes ou futuros. E afinal quem notaria a diferença? Do mesmo modo, determinado desenho representará, à primeira vista, um pato, e depois de um tempo uma lebre perfeita: o par de orelhas se transforma em bico, na ilusão bidimensional da coisa. Como resolver o paradoxo? Pensando, talvez, na hipótese de que todo animal é a mesma coisa... desde que visto da perspectiva do desenhista. Ouve-se um pigarro em Oxford: "nón, nón... Desde kê fisto a parrtirr de uma otrra dimenzón". A saber, a que nos falta.

Entretanto... não há motivos para desespero. Donald retornará, depois de algumas peripécias, a seu estado habitual. Desaparecem as moscas do disco voador. Ele estará sozinho, novamente, às voltas com seus contos chatos. Margarida continuará a esperá-lo, com as recriminações e cenas de costume. Os sobrinhos serão ainda o exemplo de correção que ele recusará. Talvez ele se surpreenda ao revê-los, depois de sua viagem de balão — como uma pessoa que, sem ter saído de sua cidade, de súbito se espantasse ao ver depois de poucas horas seus amigos, vizinhos e familiares e perguntasse: "mas por onde vocês andaram durante esse tempo todo?"

Mas ninguém largou do seu lugar. O tempo, produtor e consumidor de tédio, terá deslocado um pouco o ponteiro das horas. Novas fúrias, novos ridículos, novos fracassos estão à espera de Donald: euforias e aventuras, por que não?, também. Virá, sobretudo, o sono que se segue a um conto chato: bem-vindo, pélago de negra tinta que entorpece finalmente como uma música indistinta as fibras e penas de um pato que, depois de tanto bocejo e grasno, recolhe-se ao silêncio.

Sonha, então, com veraneios e esportes; com amores e saúdes; numa cascata em Cotia, num parque aquático em Caraguá, conversará num caiaque com Margarida, tocará ao cavaquinho uma polca de Patápio Silva, e numa noite de lua ambos cisnes brancos, quando não patinhos na lagoa: cada qual completo, cada qual carente e cálido, cada qual capaz de ser pato e pata, plenamente, para sempre.

CADASTRO ILUMINURAS

Para receber informações sobre nossos lançamentos e promoções envie email para:

cadastro@iluminuras.com.br

Este livro foi composto em Sabon pela *Iluminuras* e terminou de ser impresso no dia 12 de agosto de 2010 nas oficinas da *Hedra Gráfica* em São Paulo, SP, em papel 120 gramas.